KB219015

내향인 엄마는
어떻게 대표가 되었을까

내향인 엄마는 어떻게 대표가 되었을까
스터디 카페와 고시원 운영으로 인생을 바꾸다

초 판 1쇄 2025년 06월 09일

지은이 빛날애
펴낸이 류종렬

펴낸곳 미다스북스
본부장 임종익
편집장 이다경, 김가영
디자인 임인영, 윤가희
책임진행 김은진, 이예나, 김요섭, 안채원, 장민주
표지 일러스트 해화

등록 2001년 3월 21일 제2001-000040호
주소 서울시 마포구 양화로 133 서교타워 711호
전화 02) 322-7802~3
팩스 02) 6007-1845
블로그 http://blog.naver.com/midasbooks
전자주소 midasbooks@hanmail.net
페이스북 https://www.facebook.com/midasbooks425
인스타그램 https://www.instagram.com/midasbooks

ISBN 979-11-7355-265-6 03810

값 18,000원

 <u>미다스북스</u>는 다음세대에게 필요한 지혜와 교양을 생각합니다.

내향인 엄마는
# 어떻게 대표가
# 되었을까

스터디 카페와 고시원 운영으로
인생을 바꾸다

빛날애 지음

미다스북스

*Chapter 1*

# 천만 원으로 시작한
# 망한 스터디 카페

**Chapter 2**

# 고시원,
# 2평 안에서 길을 찾다

Chapter 3

# 빛나진 않아도
# 피어나는 중입니다

이은경 부모교육전문가, '슬기로운초등생활' 대표

육아 후, 내가 다시 사회로 나갈 수 있을까를 망설이는 엄마, 아무것도 가진 것 없는 내가 무언가를 시작해도 될까를 고민하는 부모에게 다정하게 건네고 싶은 책입니다. 『내향인 엄마는 어떻게 대표가 되었을까』는 어느 날 망해가던 스터디 카페 하나를 인수하며 시작된 한 내향인 엄마의 기적 같은 성장기입니다. 마케팅도 계약서도 손님 응대도 익숙지 않았던 평범한 아이 셋 엄마가 '사장님'이 되어가는 과정은 단순한 창업 성공담이 아닙니다. 실패하고, 울고, 다시 일어서며 '나답게 사는 삶'이 무엇인지 천천히 배워가는 여정이지요.

스터디 카페에서 고시원까지, 세 아이의 엄마로 또 한 공간의 대표로 살아가는 작가는 공간 안에 깃든 사람들의 삶을 따뜻하게 품습니다. 장사 수완보다 관계의 온도를 먼저 고민하는 그녀의 진심은 손님을 '고객'이 아니라 '사람'으로 대할 때 어떤 일이 일어나는지를 보여줍니다. 그녀의 스터디 카페에 모인 아이들이 목표했던 대학교에 합격하고, 방값을 올리지 않겠다는 고시원에서 입실자들은 '이곳은 집 같다' 말하며 오래 머물고 또 새로운 둥지를 찾아 떠납니다. 이 책은 그런 감동의 풍경들을 하나하나, 살아 숨 쉬는 언어로 기록합니다. 그래서 책을 읽고 나면 삶을 움직이는 것은 화려한 능력이 아니라 결국은 진심이라는 사실을 다시 믿게 되지요.

무엇보다 저는 저자가 브런치에 연재를 시작하던 즈음부터 이 이야기가 한 권의 책으로 엮이기를 독자의 한 사람으로 기다려왔습니다. 글 속에서 사람을 품는 법을 배우고 실패 속에서 길을 찾는 과정을 지켜보며 수없이 울컥했고, 그이야기들이 꼭 한 권의 책이 되어야 한다고 믿었습니다. 기다림 끝에 이렇게 한 권으로 만나는 순간 독자로서 오래 품어온 응원의 마음을 기쁘게 건넵니다. 모두가 불안한 시대입니다. 육아도, 경제도, 미래도 온통 안갯속입니다. 그럴수록 우리에겐 삶의 작은 불빛 같은 이야기가 필요합니다. 실패를

숨기지 않고 진심을 자랑처럼 꺼내놓는 이 책을 시작을 꿈꾸는 모두에게 추천합니다.

**이해날** 웹소설 작가(『어게인 마이 라이프』, 『판사 이한영』)

이 책은 스터디 카페와 고시원을 배경으로 한 창업 이야기처럼 보이지만, 단순한 성공담에 머물지 않는다. 작가는 자신의 경험을 바탕으로 경력 단절 여성이 어떻게 삶을 선택하고 성장해 갔는지를 따뜻하게 들려준다. 또 다른 삶에 도전하는 이들에게 이 책은 용기 있는 첫걸음을 함께 걸어줄 것이다.

**자취생 해윤** 9.2만 팔로워, 인스타 인플루언서

저 역시 2평 남짓한 어두운 고시원에서 사회생활을 시작해, 어느덧 자취생을 위한 채널을 운영하고 있는 한 사람으로서 이 이야기는 남 일처럼 느껴지지 않았습니다. 필자는 자신을 내성적인 엄마, 경력단절 여성, 자본도 경험도 없던 사람이라고 말합니다. 그러나 스터디 카페와 고시원처럼 다른 세상으로 나갈 용기가 필요한 이들이 머무는 공간을 따뜻하게 되살려냈고, 지금도 긴 터널을 지나고 있는 많은 이들

의 삶에 꼭 필요한 터전을 가꾸는 일에 진심입니다.

이 에세이는 단순한 창업 성공기에 대한 이야기는 아닙니다. 실패와 불안, 갈등 속에서도 끝끝내 진심과 다정함을 선택한, 한 엄마의 단단한 여정을 담은 기록입니다.

혹시 지금, 당신도 끝이 안 보이는 긴 터널을 지나고 있다면 틀림없이 이 따뜻한 이야기가 작은 위로가 되어줄 거예요.

## 사당살이 1.3만 유튜버, 고시원 및 경제 분야 크리에이터

내향적인 성격에도 불구하고 창업이라는 큰 도전에 나선 한 엄마의 이야기를 읽으며 많은 공감과 응원을 보냈습니다. 『내향인 엄마는 어떻게 대표가 되었을까』는 스터디 카페와 고시원 창업의 생생한 경험과 현실적인 조언을 솔직하고 따뜻한 시선으로 담아냈습니다. 창업을 준비하거나 고민 중인 분들께 큰 힘이 될 이야기들이 가득하더라고요. 저도 고시원 창업과 운영 커뮤니티를 운영하면서 느꼈던 순간들이 떠오르며, 정말 유익하고 공감되는 부분이 많았습니다. 공간대여 창업을 꿈꾸는 분들에게 이 책이 든든한 응원이 되어줄 거예요.

# 누구나 가슴속에
# 하나의 별을 품고 산다

**누구나 가슴속에 하나쯤은 별을 품고 살아갑니다.**

안녕하세요. 반갑습니다. 저는 '빛날애'라는 이름으로 두 번째 인생을 살아가고 있는 사람입니다. 한때는 병원에서 간호사로 일했고, 첫사랑인 지금의 남편과 결혼해 세 아이의 엄마가 되었습니다. 지난 12년간의 시간은 오롯이 가족을 위한 날들이었습니다. '누구 엄마'로 불리는 일이 익숙해질수록, 제 이름 석 자는 점점 희미해져 갔습니다.

그런 제가 지금은 스터디 카페와 고시원 세 곳을 운영하며 '나'라는 이름으로 살아가는 법을 다시 배우고 있습니다. 일하는 엄마로서 매일 균형을 잡기 위해 애쓰고 있지만, 그 어느 때보다 제 자신을 깊이 들여다보며 살아가고 있습니다.

8개월 전, 오래도록 마음속 깊이 간직해 두었던 꿈 하나를 꺼내 들었습니다. 어린 날, 조용히 품어 왔던 순수한 소망이었습니다.

'작가가 되고 싶다.'

은인 같은 이은경 선생님과 소중한 글쓰기 인연들을 만나며 브런치에 글을 쓰기 시작했고, 조심스럽게 제 이야기를 세상에 내놓기 시작했습니다.

모든 시작은 망해가던 스터디 카페를 인수한 일이었습니다. 처음엔 단순히 '돈을 벌고 싶다'는 마음이었지만, 시간이 흐를수록 그 안에서 삶의 방향과 의미를 찾아가게 되었습니다. 지금은 스터디 카페와 107명의 삶이 머무는 고시원을 운영하며, 유튜브라는 낯선 도전도 이어가고 있습니다. 내 안의 가능성과 매일 마주하며, 여전히 배우는 중입니다.

인생은 참 신기합니다. 예상과는 다르게 흘러가지만, 그래서 더 흥미롭고 기대되기도 합니다. 실패와 고난 속에서도, 우리 마음속엔 여전히 하나의 별이 반짝이고 있다는 걸 믿게 됩니다.

돌아보면 저는 어릴 적부터 조용하고 낯을 많이 가리는 아이였습니다. 사람이 많은 곳에선 숨이 막힐 듯 답답했고, 발표 시간만 되면 손바닥에 땀이 흥건했습니다. 전화벨 소리만 울려도 심장이 철렁 내려앉던 시절도 있었지요. 그런 제가 지금은 수많은 사람을 만나고, 공간을 운영하며, 대화의 중심에 서 있습니다. 천천히, 그러나 분명하게 바뀌어 온 제 모습이 때론 저 자신에게도 낯설고 놀랍습니다.

이 책은 '내성적인 한 경력단절 여성이 어떻게 공간을 운영하는 대표가 되었는가'에 대한 이야기입니다. 창업 노하우나 경제적 성공만을 말하려는 책은 아닙니다. 실패와 두려움, 외로움 속에서 제가 배운 감정과 생각들, 그리고 공간을 통해 만난 사람들과의 소중한 이야기를 진심을 담아 기록했습니다.

저는 한때 고시원에 살았던 사람이기도 합니다. 대학 시절, 서울까지의 긴 통학이 버거워 2평 남짓한 고시원에서 생활했습니다. 생활비를 아끼기 위해 제공된 김치로 김치볶음밥을 해 먹고, 책을 읽고, 친구와 소곤소곤 이야기를 나누던 그 공간은 제게 가장 따뜻한 안식처였습니다. 그런 제가 이제는 그 공간의 주인이 되어, 누군가에게 쉼을 건네는 자리를 지키고 있습니다.

고시원을 찾는 이들은 저마다 사연을 안고 이곳의 문을 엽니다. 누군가는 하루를 버티기 위해, 또 누군가는 새로운 출발을 준비하기 위해 찾아옵니다. 저는 그들의 이야기를 곁에서 지켜보며, 매일 인생을 배웁니다. 그리고 조금씩 더 나은 사람이 되어갑니다.

고시원은 누군가에겐 가장 낮은 곳일 수 있지만, 또 다른 누군가에겐 마지막 희망이며 다시 일어설 수 있는 출발점이 되기도 합니다. 저 역시 처음엔 경제적 자유를 꿈꾸며 시작했지만, 이제는 이 공간이 저의 진심이 되었습니다. 사람과 삶이 오가는 이곳은 단순한 사업장이 아닌, 온기가 머무는 작은 세계입니다.

이 책에는 단순한 성공담이 아닌, 제가 직접 경험한 실패와 시행착오, 몸으로 익힌 현실적인 운영 노하우, 그리고 진심 어린 고민과 성장의 기록을 담았습니다. 사람과 사람이 만나 피어난 따뜻한 온기도 함께 담고 싶었습니다.

이 글이 공간 창업을 준비하는 분들뿐 아니라, 결혼과 육아, 혹은 자기 자신에 대한 불안으로 한 걸음 내딛기를 망설이고 있는 누군가에게 작지만 단단한 용기가 되기를 바랍니다.

"괜찮아요, 나답게 해도 돼요."

지금 이 자리에서, 아주 작은 일부터 시작해 보세요. 어느 날 문득, 분명히 성장한 자신을 마주하게 될 거예요. 우리 모두의 마음속엔 아직 꺼지지 않은 하나의 별이 있습니다. 만약 당신의 마음속에도 조용히 빛나는 별 하나가 있다면, 이 책이 그 길을 함께 걸어주는 따뜻한 동반자가 되어 주기를 바랍니다.

# Chapter 1

# 천만 원으로 시작한
# 망한 스터디 카페

# 망한 스터디 카페를
# 살릴 수 있을까?

"삶은 스스로의 용기에 비례하여 줄어들거나 넓어진다."
_아나이스 닌

나는 조용하고 낯가림이 심한 아이였다. 학창 시절, 발표 시간만 되면 손바닥에 땀이 흥건했고, 누군가 나를 지켜본다는 생각만으로도 숨이 막혔다. 그런 내가 지금은 스터디 카페와 107명의 입실자를 상대하며 고시원을 운영하고 있다. 그 시작은, 망해가던 스터디 카페를 인수하면서부터였다.

아이들을 등교시키고 막 설거지를 하려던 참이었다. 고무장갑 끝에서 물방울이 뚝뚝 떨어지던 그 순간, 남편의 전화

한 통이 평온하던 일상을 흔들었다.

"여보, 천만 원짜리 매물이 나왔대. 지금 당장 가봐."

코로나가 한창이던 시절, 스터디 카페들은 연이어 문을 닫았고 적자 매물들이 쏟아져 나왔다. 권리금은 3천만 원에서 1억까지 제각각이었지만 우리는 다섯 군데나 둘러본 끝에도 마음에 드는 곳을 찾지 못했다. 조금씩 관심이 식어가던 즈음, 남편은 다시 한번 내게 다급히 말했다.

"이번 건 진짜 괜찮아 보여. 한 번만 가봐."

설거지 거품 사이로 망설임이 피어올랐다.

'내가 할 수 있을까…? 전업주부였던 내가…?'

장롱 깊숙이 넣어둔 간호사 면허증, 남편의 아내, 아이들의 엄마. 그것이 내 인생의 전부였다. 누군가 간호학과를 졸업하고도 전공을 살리지 않은 것이 아쉽지 않냐 물으면 늘 이렇게 대답했다. 커리어는 포기했지만, 아이들과 가정을 위해 최선을 다했고, 후회는 없다고. 공부도 다시 하고 싶었고, 학원 강사 제안을 받은 적도 있었다. 세 아이를 키우며 경제적인 이유로 일하고 싶었던 순간이 많았다. 하지만 누군가 육아를 도와줄 여건은 되지 않았고, 연년생 삼 남매를 돌보며 퇴근 후까지 감당할 자신도 없었다. 남편도 몸이 약해진

나를 보며 병원 복귀에 반대했다. 그렇게 나는 전업주부의 삶을 받아들였다.

신혼 때부터 남편의 초봉으로 허리띠를 졸라매며 저축과 투자를 게을리하지 않았다. 힘들 때면 '아이를 잘 키우는 것이 곧 자산'이라 다짐하며 아이들과 함께 성장해 갔다. 그 시간은 분명 감사한 순간들이었지만, 마음 한 편의 공허함은 점점 더 뚜렷해졌다. 어느 날, 문득 스스로에게 물었다.

엄마가 아닌, 나답게 산다는 건 어떤 모습일까?

그 무렵, 남편이 유튜브에서 '무인 스터디 카페 창업' 영상을 본 것을 계기로 부업 제안을 했다. 나 역시 '경험 삼아'라는 가벼운 마음으로 몇 군데 매물을 봤지만, 저렴한 곳은 다 이유가 있었다. 시설은 낡았고, 손님은 없었으며, 분위기는 침침했다. 시간은 흘렀고 관심도 흐릿해질 즈음, 다시 남편에게서 전화가 온 것이다. 이번 매물은 사람들의 반응이 빠르다며 먼저 가보라고 했다. 무섭다고 투덜대면서도, 집을 나섰다. 그렇게 내가 계약서에 도장을 찍게 될 줄은, 사장이 될 줄은 상상도 하지 못했다.

도착한 곳은 송파구의 한 동네. 이미 스터디 카페만 여섯 곳이 자리 잡은 곳이었다. '장난하나? 여긴 완전 전쟁터잖아.' 되돌아갈까 망설였지만, 보기나 하자는 마음으로 문을 열었다. 은은한 향기가 풍겨왔고, 밝은 미소의 여자 사장님이 반갑게 인사했다. 식당도 함께 운영 중이라 관리를 잘 못했고, 지금은 손님이 거의 없지만 이벤트를 하면 다시 살아날 수 있다고 했다. 정성 들여 인테리어에만 1억 넘게 들였고, 물품은 다 손해 보고 넘기는 거라며 '거저나 마찬가지'라는 말까지 덧붙였다. 그래도 적자는 아니라는 말에, 나는 그녀의 말을 믿었고, 어쩌면 믿고 싶었던 것인지도 모른다.

내부를 찬찬히 둘러보았다. 그동안 봐왔던 매물들과는 달랐다. 인테리어도, 조명도, 시설도 마음에 들었다. 단 하나, 마음에 걸리는 것은 공부 중인 손님이 단 한 명뿐이었다는 것. 그런데 이상하게도, 그 적막한 공간이 자꾸 마음을 끌었다. 내가 이 공간의 주인이 된다면…? 심장이 두근거렸다.

'조금만 손보면 괜찮아질지도 몰라. 천만 원이면… 인생 공부한 셈 치지 뭐.'

그 순간, 머릿속에서 생각이 툭 튀어나왔다. 하지만 동시에 또 다른 목소리가 고개를 들었다.

'말도 안 돼. 이걸 내가 어떻게 해? 넌 내성적이고 말도 잘 못하잖아.'

'손님 응대는? 민원이라도 들어오면 어쩌지? 학생들 무섭다던데… 어떻게 관리하려고?'

남편에게 다시 전화가 왔다. 시설이 괜찮으면 그냥 해보자고 했다. 운영은 내가 해야 하고, 계약도 내 명의인데… 세 아이 돌보기도 벅찬데, 내가 진짜 할 수 있을까? 그땐 정말 몰랐다. 그 결정이 내 삶을 어디까지 바꿔놓을지.

벚꽃이 흩날리던 어느 봄날, 나는 모든 두려움을 품은 채 계약서에 도장을 찍었다. 그 순간, 어두운 터널 끝에서 작은 불빛 하나가 켜지는 듯했다. 확신은 없었지만, 분명히 설렘은 있었다. 엄마도, 주부도 아닌 '대표'라는 이름으로 나를 다시 정의한 그날. 과연 이 망한 스터디 카페를 다시 살려낼 수 있을까. 나는 정말, 이 멈춰버린 공간에 다시 숨을 불어넣을 수 있을까.

# 첫 매출 3천 원의
# 쓰디쓴 추억

**낙장불입 落張不入**

장사 안 되던 가게를 인수해서 무엇을 할 수 있을까. 차라리 다시 병원에 취업하는 편이 나을지도 몰랐다. 하지만 남편은 말했다. 무인 운영이라 시간적으로 훨씬 자유롭고, 지금 사장이 관리를 잘 못해 내놓은 매물이니 우리가 살려보자고. 매달 백만 원 수익만 나도 괜찮으니, 욕심내지 말고 경험 삼아 해보자고. 나도 언제까지 월급쟁이로 살 수는 없으니, 수익원을 하나 더 만들어두자며, 많이 도와주겠다고. 그의 무심하지만 설득력 있는 말에 흔들리기 시작했다.

결국 백기를 들었다.

"그래, 해보자."

아침 일찍 집을 나섰다. 운전대를 잡고 가는 길, 도로 양옆 벚꽃나무 아래로 벚꽃이 눈처럼 흩날렸다. 저절로 콧노래가 나왔다. 스터디 카페는 3층, 그 위 4층엔 임대인 사무실이 있었다. 전 사장님과 함께 4층으로 올라갔다. 긴장 탓인지 식은땀이 흐르고 현기증까지 났다. 육아에선 그럭저럭 똘똘한 척하며 살아왔지만, 이곳에서는 계약서 도장 하나 제대로 찍지 못해 웃음거리가 된 기분이었다. 그 순간, 그냥 도망치고 싶었다. 이미 물은 엎질러졌고, 되돌릴 수 없었다.

계약 후 첫 일은 사업자등록증 발급. 세무서 방문 또는 홈택스 온라인 신청, 두 가지 방법이 있었다. 키오스크 등록, 네이버 플레이스, 명의 이전 등을 위해 서둘러 세무서로 향했다. 양도인의 폐업신고와 함께 신청서를 내자 10분 만에 등록증이 나왔다. 모든 것이 너무 빠르게 흘러가 어리둥절했지만, 내 이름이 적힌 서류를 손에 쥐자 비로소 실감이 났다. 나도 이제 사장. 지금껏 망설였던 마음이 무색할 만큼 가슴 한편이 뜨거워졌다.

전 사장님은 생각보다 훨씬 빨리 떠났다. 인수인계는 하루가 아닌, 고작 한 시간. CCTV 보는 법, 물품 관리법 등이 적힌 A4 한 장을 툭 건네더니 뒤도 돌아보지 않았다. 그녀의 뒷

모습은 놀랍도록 홀가분해 보였다. 인정하고 싶지 않았지만, 순간 부러웠다.

　그녀가 떠난 뒤 텅 빈 스터디 카페. 다리가 풀려 한참을 앉아 있었다. 멍하니 있다가 정신이 번쩍 들었다. 이럴 순 없었다. 천천히 내부를 둘러보며 물품을 정리하기 시작했다. 아이들에게 '말은 곧 인격'이라 가르쳐왔지만, 그 순간 내 입에서는 한숨과 섞인 비속어가 흘러나왔다. 인격이고 뭐고, 그저 현실을 견디기 위한 몸부림이었다. 소리라도 질렀으면 좋았겠지만, 그럴 용기도 나지 않았다.

　혼란스러운 감정 속에서도 나는 조심스럽게 첫걸음을 내디뎠다.

　물품을 하나하나 점검하고, 기존 회원들에게 단체 문자를 보냈다. [안녕하세요. ○○스터디 카페를 새로 맡게 된 관리자입니다. 앞으로 잘 부탁드립니다.] 짧은 문장이었지만, 보내기까지 한참을 망설였다. 이제 이 공간을 어떻게 살릴 것인지, 진지한 고민이 시작됐다.


　네이버 카페와 유튜브에서 '스터디 카페 운영', '살리기', '이벤트' 키워드를 폭풍 검색했다. 하나하나 노트에 적어 실행

순서대로 정리해 나갔다. 정신을 차리고 보니 어느새 저녁. 아이들 저녁을 챙기지 못했다는 걸 떠올리고, 급히 치킨을 시켜 집으로 돌아왔다. 허겁지겁 치킨을 먹으며 아이들과 둘러앉았을 때 비로소 숨이 트였다.

잠시라도 현실을 잊고 싶었지만, 머릿속은 여전히 카페 생각뿐. 전 사장님에게 10분 만에 배운 관리자 앱 사용법을 떠올리며 매출 확인 버튼을 눌렀다. 화면에 뜬 숫자를 보고 헛웃음이 나왔다. 이어 참았던 눈물이 흘렀다. 오늘의 매출, 3,000원. 0이 하나 빠진 건가 싶어 다시 봐도 그대로였다. 하루 3천 원씩 한 달 벌면 9만 원. 900만 원도, 90만 원도 아닌, 진짜 '9만 원'.

마음을 다잡으며 혼잣말했다. '매일 이렇지는 않을 거야. 괜찮아, 괜찮아. 일희일비하지 말자.'

하지만 마음은 쉽게 가라앉지 않았다. '아, 망했다.' 그 생각이 머릿속을 떠나지 않았다. 정신없이 보낸 하루였지만, 침대에 눕는 순간 밀려오는 현실의 무게에 또다시 눈물이 고였다. 몸도 마음도 지쳐 있었고, 눈물마저 지친 듯 이내 깊은 잠에 빠졌다.

# 마케팅
# 그리고 진심


**"하루에 1%씩만 성장해도, 1년 뒤엔 37배 다른 내가 된다."**

순진했던 걸까, 아니면 어리석었던 걸까. 매출 내역조차 확인하지 않은 채 계약했으니, 이제 와서 누구를 탓하겠는가. 스스로 바보처럼 느껴지는 게 가장 괴로웠다. 가전제품과 책상, 의자, 각종 비품만 해도 천만 원은 넘는다고 믿었다. '싸게 넘긴다'는 전 사장님의 심기를 거스르기 싫어 매출 내역도 제대로 들여다보지 않은 채 덜컥 계약해 버렸다. 지금 생각해 보면, 무언가에 씌었던 게 아닐까 싶다.

예전엔 "사기당하는 사람도 문제야, 왜 그렇게 쉽게 속아?"라고 생각했다. 그런데 막상 그 상황을 겪고 나니, 배신감과 자괴감이 어떤 것인지 뼈저리게 알게 되었다. 힘이 빠졌다. '이건 다 남편 때문이야. 나를 이런 구렁텅이에 밀어 넣고 자기는 평화롭게 회사에 앉아 있잖아?' 어떻게든 누구든 탓하고 싶었다. 하지만 결국 도장을 찍은 건 나였다. 결정도 나의 몫이었다. 그래, 내 탓이지…. 그렇게 마음을 다잡았다.

적자는 아니라던 사장님의 말을 믿고 싶었다. 정말 믿고 싶었지만, 지금 상황으로는 월세조차 감당할 수 있을지 의문이었다. 아이들 생각에 눈물이 왈칵 쏟아질 뻔했지만 꾹 참았다. 천만 원이면 애들 학원비 1년 치인데… 피 같은 돈이었다. 이 모든 게 너무 부끄럽고 창피했다. 다음 날을 조금 기대했지만, 매출은 고작 5만 원. 여전히 참혹했다.

가만히 있을 수는 없었다. "안 돼. 뭐라도 해야겠다."

"우리 스카는 사장님이 직접 만든 스콘을 드립니다. 공부하러 오세요."

둘째 아이는 아토피가 있다. 그런데도 빵을 무척 좋아한다. 방부제가 가득한 시판 빵 대신 건강한 빵을 먹이고 싶어 종종 직접 구워주곤 했다. 그 빵을 보며 문득 아이디어가 떠올랐다.

스터디 카페 홍보를 위해 인스타그램과 블로그를 만들었다. 정성껏 만든 스콘과 컵케이크, 작은 간식 사진을 올리며,

"우리 스카에 오면 이렇게 맛있는 간식도 드립니다"라는 문구도 함께 붙였다. 일주일에 두 번, 직접 간식을 굽고 사진을 올리며 채워나갔다.

성장기 학생들에게는 이런 이벤트가 곧장 통했다. 하나둘 반응이 생기기 시작했고, 매출도 조금씩 오르기 시작했다. 마침내 2주 만에 하루 최대 매출 45만 원을 기록했다. 그날, 나는 기쁨과 안도감이 뒤섞인 눈물을 흘렸다. 초보 사장이 처음으로 맛본 환호였다.

하지만 기쁨은 오래가지 않았다. 간식에 반한 중학생들이 친구를 데리고 오기 시작했고, 그들의 왁자지껄한 분위기는 성인 회원들에게 불편한 소음이 되었다. 중학생도 내겐 소중한 고객이었지만, 성인 회원 역시 절대 놓칠 수 없는 중요한 분들이었다. 불편한 기색이 느껴질 때마다 속이 타들어 갔다. 결국, 중학생들과의 씨름이 시작되었다.

낮이고 밤이고, 마치 신생아를 돌보듯 24시간 휴대폰 속 CCTV를 지켜보며 긴장을 놓을 수 없었다. 야단만 쳐서 해결될 일도 아니었고, 그렇게 하고 싶지도 않았다. 그 아이들도 누군가의 소중한 자식이니까. 나 역시 아이 셋을 키우는 엄마이기에, 그들을 내쫓듯 대할 순 없었다.

싫은 말 한마디 제대로 못 한 채 혼자 끙끙 앓으며, 타이르고 내보내고, 다시 타이르고 보내기를 반복했다. 하루하루 지루한 씨름이 이어졌다. 매출은 나아졌지만, 오래 함께하던 장기 회원들이 이유 없이 하나둘 떠나기 시작했다.

"떠나는 이유라도 알려주세요…." 그 말조차 꺼낼 수 없었다. 스트레스를 꾹꾹 눌러 삼켰다. 그러는 사이, 하루가 다르게 살이 빠졌고, 나는 점점 쇠약해져 갔다.

당시 스터디 카페에서 제공했던 간식들

내향인 엄마는 어떻게 대표가 되었을까

# 공부하는 공간의
# 본질


**"저 스터디 카페는 왜 장사가 잘될까?"**

문득 궁금해졌다. 잘되는 곳은 무엇이 다를까. 거주지 인근부터 인접 동네까지, 평점이 높은 스터디 카페들을 찾아다녔다. 사장님들이 공간을 어떻게 운영하는지 유심히 살펴보았다.

그러던 어느 날, 'ㅇㅇ스터디 카페'라는 이름의 매장을 찾았다. 입구를 열자마자 기분 좋은 향이 퍼졌고, 자리에 앉은 지 얼마 되지 않아 '아, 여긴 뭔가 다르구나'하는 감각이 자연스럽게 들었다. 학생들이 학원 수업을 마치고 몰려올 시간대였지만, 그 안에는 소란도, 수다도 없었다. 조용한 에너지가 공간을 감싸고 있었다.

문득 학창 시절이 떠올랐다. 스터디 카페 세대는 아니었지만, 독서실과 대학교 도서관을 자주 드나들던 시절이 있었다. 그곳에서 공부가 잘됐던 이유는 단순했다. 모두가 집중하고 있었기 때문이다. 누가 오래 앉아 있었는지, 누가 더 열심히 하는지 굳이 말하지 않아도 느껴졌다. 자연스럽게 그 분위기에 스며들었고, 덕분에 나도 끝까지 자리를 지킬 수 있었다.

그날 나는 중요한 걸 깨달았다. 공부가 잘되는 공간은 '분위기'가 만들고, 진짜 공부를 원하는 사람은 '정숙한 환경'을 찾는다는 사실이었다. 나는 그동안 이벤트와 간식으로 사람들의 발길을 붙잡으려 애썼다. 하지만 정작 공간의 본질은 놓치고 있었다. 그 깨달음은 머리를 '딱' 하고 울렸다.

그날 이후, 네이버 플레이스 첫 화면에 '정숙!'이라는 슬로건을 걸었다. 소개 문구는 '지성인들만 찾는 조용한 스터디 카페'로 바꿨다. 가장 고민이던 간식은 과감히 정리하고, 대신 좋은 원두와 차를 준비해 음료의 질을 높였다. 간식은 가끔 이벤트성으로만 제공하기로 했다.

두려움도 있었지만, 마음은 이상하게 홀가분했다. 비로소 내 공간이 진짜 공부하는 공간답게, 스스로의 본질을 찾아가고 있다는 확신이 들었기 때문이다.

# 의자 중에 최고는
# ○○대 의자?

**"그 비장한 새벽"**

스터디 카페를 운영하며, 학습 환경에서 가장 중요한 요소가 무엇일까 곰곰이 고민했다. 학창 시절을 떠올리고, 주변 사람들에게 물으며, 관련 자료도 찾아봤다. 그리고 결국 두 가지를 꼽았다.

첫째는 '학습 분위기', 둘째는 '장시간 앉아 있어도 편안한 의자'였다.

처음 인수받았을 때 카페에 있던 건 흔한 원목 의자였다. 요즘은 카페에서도 공부를 많이 하지만, 오랜 시간 앉아 있는 사람들은 결국 더 편한 자리를 찾게 된다. 아무리 분위기가 좋아도 몸이 불편하면 마음까지 불편해지기 마련이다. 의자 하나가 학습 환경에 얼마나 큰 영향을 주는지, 그제야 제대로 느꼈다.

그때부터 다양한 의자 매장과 마트를 찾아다니며 직접 앉아보고 비교했다. 비싼 의자, 저렴한 의자, 푹신한 의자, 단단한 의자… 그렇게 수많은 의자 끝에 마침내 발견한 건 바로 '○○대 의자'였다. 등받이 각도, 쿠션, 착석감까지 탁월했다. 이거다! 싶은 확신이 들었지만, 가격표를 보는 순간 현실로 돌아왔다. 개당 17~18만 원. 45개를 교체하려면 8백만 원이 넘었다. 권리금에 맞먹는 수준이라 쉽게 결정을 내리기 어려웠다.

이후 중고 의자를 거래하는 온라인 카페를 매일같이 들락거렸다. 혹시라도 비슷한 의자가 올라올까 해서였다. 그러던 어느 날, 인근 스터디 카페가 폐업한다는 소식을 들었다. 마음이 묘하게 마음이 울렁거렸다. 누구에게나 어려운 시기는 있지만, 이상하게 남의 일 같지가 않았다.

그런데 놀랍게도 그곳에, 내가 찾던 바로 그 의자가 있었다. 망설이다 조심스레 사장님께 연락을 드렸고, 다행히 흔쾌히 양보해 주셨다. 총 45개를 반값에 인수하기로 했다.

용달차도 빌렸고, 모든 준비를 마쳤다. 모두가 잠든 새벽,

남편과 나는 목장갑을 단단히 끼고 작업을 시작했다. "가자, 여보." 가는 길 내내 심장이 쿵쾅거렸다. 매장에 도착하자, 사장님은 나머지 물품을 정리 중이었다. 표정은 어두웠다. 그래, 기분 좋게 가게를 접는 사람은 없겠지. 죄송한 마음에 눈치를 보며 의자를 하나씩 옮겼다.

2층에서 1층까지 45개의 의자를 옮기는 일은 결코 쉬운 일이 아니었다. 남편과 나는 땀에 흠뻑 젖었지만, 마치 하나의 팀처럼 호흡을 맞췄다. 마지막 의자를 실은 뒤, 사장님께 감사 인사를 전하고 돌아섰다. 줄지어 실린 의자들을 바라보며 출발했고, 그 순간 폐업하는 카페와 새 출발을 준비하는 우리의 모습이 겹쳐져 묘하게 슬펐다.

기존 의자들은 며칠 전 당근마켓에 나눔으로 올렸고, 무료 급식소 쉼터에 기부하기로 했다. 새벽 일찍 직접 나와 기다리던 소장님께 조심스럽게 의자를 전달했다.

"기부자님 성함을 알려주시겠어요?"

"아, 아닙니다. 그냥 괜찮습니다."

"너무 감사해서 꼭 올려드리고 싶어요."

잠시 망설이다 말했다.

"그럼… 저희 아이들 삼 남매 이름으로 해주실 수 있을까요?"

"그럼요. 감사합니다. 좋은 일에 잘 쓰겠습니다."

모든 일을 마치고 돌아오는 길. 시계를 보니 새벽 3시 반이었다.

"고생했다, 여보."

남편이 미소 지으며 말했다.

"우린 진짜 대박이야. 환상의 콤비네?"

나도 웃으며 대답했다.

새벽 공기는 상쾌했고, 모든 순간이 보상받는 듯했다.

그날 밤, 앞으로 펼쳐질 가능성에 가슴이 벅차올랐다. 달빛 아래 줄지어 선 의자들을 바라보며 조용히 되뇌었다.

그래, 인생은 모험이다. 기회로 가득한 이 순간을 놓치지 말자.

모험을 두려워하지 않으려 노력한 덕분에, 오늘도 우리는 조금씩 앞으로 나아가고 있다. 언제나 그렇듯, 진심으로 하나씩, 한 걸음씩. 그렇게 우리 스터디 카페도, 우리의 삶도 조금씩 나아지고 있다.

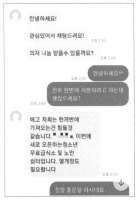

안녕하세요!

관심있어서 채팅드려요!

의자 나눔 받을수 있을까요?
오후 1:40

안녕하세요^^
오후 2:07

전부 한번에 처분하려고 하는데
괜찮으세요?
오후 2:08

예고 저희는 한꺼번에
가져오는건 힘들것
같습니다.▪▪▪ 이번에
새로 오픈하는청소년
무료급식소 및 노인
쉼터입니다. 열개정도
필요합니다
오후 2:10

정말 좋은일 하시네요.

너무 늦은 시간에 문자를
드려 죄송합니다. 의자를
나눔 받고 제가 오늘까지
몸이 좀 아파서 일을
못하다가 이제야 정신이 좀
나서 기증자 이름을
붙였습니다. 소중한 나눔
너무 감사드리고 세
아이들이 건강하고 지혜롭게
자라기를 매일
기도하겠습니다. 두 부부님
너무 감사드리고 또
감사드립니다. 평안한 밤
되세요.
오전 1:06

# 진심은 통한다,
# 기적 같은 변화

**"세상은 여전히 살 만하다."**

정체성을 되찾은 지 두 달 만에, 매출은 두 배, 세 배로 올랐다. 성수기에는 네 배까지 상승했다. 지금은 '학습 분위기가 가장 좋은 곳'이라는 입소문을 얻으며, 지역에서 확고히 자리 잡은 스터디 카페가 되었다. 열정을 품은 학생들이 자연스레 모여들고, '정숙'이라는 슬로건처럼 조용한 분위기는 당연한 규칙처럼 정착되었다. 이제는 학부모님들이 "고정석 있나요?"라고 묻고, 대기 인원도 끊이지 않는다.

나는 여전히 가끔 베이킹 공장을 돌린다. 밤낮없이 공부하는 회원들을 응원하고 싶어서다. 그들의 몰입하는 모습은,

느슨해질 때마다 나를 다시 다잡게 해 준다. 그렇게 이곳은 오늘도 묵묵히 노력하는 이들을 위한 작은 쉼터가 된다.

무인 매장의 장점은, 사장이 자리에 없어도 공간이 돌아간 다는 점이다. 평일 오전엔 내가 청소와 점검을 하고, 주말에 는 청소를 맡아주시는 청소 이모님이 계신다. 나머지 시간엔 스마트폰 하나로 대부분의 관리와 업무 처리가 가능하다. 덕 분에 또 다른 도전도 이어가고 있다.

하지만 손을 놓지는 않는다. CCTV는 24시간 틈틈이 확인 하고, 떠드는 학생이 보이면 정중하지만 단호하게 경고 메시 지를 보낸다. 필요할 땐 조언도 곁들이고, 개선되지 않으면 환불 후 퇴실 조치도 한다. 특히 고등학교에 갓 입학한 학생 들은 공부 습관이 덜 형성되어 있어 더 세심한 관리가 필요 하다.

우리 스터디 카페에는 '공부할 수밖에 없는 분위기'를 만드 는 나름의 방식이 있다. 처음엔 삐딱했던 학생도 1~2년 뒤 대 학에 합격했다며 감사 메시지를 보낸다. 그럴 때면, 마음 깊 은 곳에서부터 뿌듯함이 밀려온다.

민원도 있다.

[스터디 카페 안이 덥습니다. 제습기 좀 틀어주세요.]
[지금 누군가가 떠듭니다.]

이런 메시지를 자주 보내는 회원도 있다. 하지만 나는 고맙다. 덕분에 공간 상태를 빠르게 인지하고 바로잡을 수 있기 때문이다. 늘 같은 자리, 37번 좌석에 앉아 묵묵히 공부하는 한 회원은 공간 전체의 분위기를 단단히 지탱해 주는 고마운 존재다.

어느 날은 이런 문자도 도착한다.

[사장님 덕분에 공무원 합격했습니다.]
[S대 붙었어요. 감사합니다.]

그럴 땐, 말로 다 담을 수 없는 감동이 가슴을 채운다.

아무것도 몰랐던 초보 사장이자, 마음만 앞섰던 내가 이제는 단단한 배포와 도량을 갖춘 사람으로 성장했다. 스터디 카페를 인수한 그날은, 내 인생의 커다란 전환점이었다.

'스터디 카페 사장'이라는 이름은 내게 용기의 씨앗이 되었고, 이제는 도전의 뿌리로 자리 잡았다. 물론, 여전히 쉽지 않을 때도 많다. 사람 때문에 상처받을 때도 있다. 하지만 그보다 더 큰 감동과 보람이 이 공간 안에 있다.

그래서 나는 여전히 믿는다.

세상은, 충분히 살 만한 곳이라고.

# 누군가의 꿈이
# 자라나는 공간

**시험 기간**

스터디 카페 안의 긴장감은 마치 문제지처럼 팽팽하다. 책상 위엔 교재와 필기구가 펼쳐져 있고, 학생들은 집중한 표정으로 각자의 공부에 몰두한다. 하지만 그 속에서도 도무지 공부할 생각이 없는 이들도 있다. 친구들과 우르르 몰려와 속닥이며 웃고 떠드는 모습을 보면, '여기 진짜 공부하러 온 걸까?'라는 생각이 절로 든다.

CCTV와 관리자 앱을 번갈아 확인하는 일이 잦아진다. 특히 중간고사 시즌은 관리의 정점. 한 번의 경고가 모든 걸 좌

우한다.

나는 나름의 방식으로 분위기를 다잡는다. 처음 방문한 학생들에게 직접 정성스러운 문자 메시지를 보낸다.

안녕하세요. ○○○ 스터디 카페입니다.

이용하시면서 불편 사항이나 문의 사항이 있으시면

아래 카카오 채널이나 문자로 언제든지 연락 주세요.

신속하게 답변 및 해결해 드리겠습니다.

현재 실내 온도는 학습 최적 온도를 유지 중이지만,

혹시 춥거나 덥게 느껴지면 바로 연락 주세요.

스터디 존 내에서 친구와 소곤소곤 대화나 손동작으로

의사소통은 삼가 주시고, 장시간 통화는 밖에서 부탁드립니다.

우리 스터디 카페를 이용해 주셔서 감사합니다.

공부가 잘되는 하루 보내세요.

이 문자를 받으면, 가벼운 마음으로 왔던 학생들도 '아, 이

곳은 진짜 공부하는 곳이구나!' 하고 대부분 마음을 잡는 듯
했다.

### 자영업자의 비애

인수한 지 얼마 안 되었을 때였다. 학생 남녀 다섯 명이 몰
려와 자리를 잡더니, 곧 부산스러워졌다. 아니나 다를까, 10
분도 안 되어 다른 회원에게 민원 문자가 들어왔다. 나는 곧
바로 경고 문자를 보냈다.

[속닥속닥 안 했고, 쪽지로 대화했는데요.]

[CCTV로 확인했습니다. 손동작이나 쪽지도 방해가 될 수
있어요. 주의 부탁드립니다.]

10분 뒤 도착한 답장.

[ㅇㅇ 다신 안와 ㅃ]

'빠이'도 아니고 'ㅃ'라니.

이 자식아, 나도 너 같은 딸 있는 아줌마야. 속에서 용암이
끓어올랐다. 하지만 자영업자는 별 수 없다.

[네, 고맙습니다.]

그렇게 답장을 보내고, 퇴실 후엔 영구 이용 제한을 걸었다.

'응, 다신 오지 마세요.'

스터디 카페는 공부하는 공간이다. 공부를 방해하는 사람에게는 단호히 대처해야 한다.

물론 모든 고객이 소중하지만, 방해를 감수하다 보면 정작 진심으로 공부하던 이들이 떠난다. 한번 떠나간 회원은 돌아오지 않는다. 그리고 소문은 우리가 생각한 것보다 훨씬 빠르게 퍼진다.

### 공부꾼으로 변신한 A 학생

밤 9시. 시험 열기로 후끈한 저녁, 처음 보는 17살 남학생 셋이 들어왔다. 가방을 툭 올려놓고는 금세 밖으로 나가버렸다.

문자를 보내도 답이 없었다. 한참 뒤 돌아와서는 핸드폰만 만지작거리고, 웃고 떠들기 시작했다.

[속닥속닥하지 마세요. 세 번 경고 시 퇴실 조치됩니다.]

A학생: [네 죄송합니다.]

B학생: [네.]

C학생: [답장 없음]

며칠 후, 세 번 경고 끝에 C학생은 이용 제한. 뒤이어 A, B 학생도 같은 조치를 했다. 그런데 얼마 지나지 않아 A학생에게 전화가 걸려왔다.

"사장님, 제가 왜 이용 제한인가요?"

"경고를 드렸는데 개선되지 않아 그렇게 됐어요."

"앞으론 정말 열심히 할게요. 한 번만 기회를 주실 수 있을까요?"

**변화의 시작**

기특했다. 정말 그렇게 다시 오고 싶은 공간일까.

'이번이 마지막'이라는 약속을 받고, 제한을 풀어주었다. 그날 이후 놀라운 일이 벌어졌다. A학생은 진짜 공부꾼으로 바뀌었다. 항상 37번 자리를 지키며, 학교 가기 전 잠시 들렀다 가고, 저녁엔 새벽 2시까지 자리를 지켰다. 화장실 외에는 거의 움직이지 않았다.

성실함이 그 학생의 가장 큰 특징이었다. 같은 시간, 같은 자리. 변함없이 앉아 있는 모습은 감동적이었다. 그 모습이 기특해서 사물함도 무료로 제공해 주고, 종종 간식도 챙겨주었다. 게다가 그는 중요한 민원도 빠짐없이 알려주는 든든한 존재가 되었다.

[스카 안이 더운데, 온도 좀 조정해 주세요.]
[30번에 앉아 계신 분이 얼음 먹는 소리가 너무 큽니다.]
[27번에 앉아 계신 분이 다리를 너무 떨어서 방해가 됩니다.]
[사장님, 스카 안이 습합니다.]

많은 스터디 카페 사장님들은 민원을 귀찮아한다. 하지만, 곰곰이 생각해 보자. 이런 민원을 보내주는 회원은 고마운 고객이다. 스터디 카페 안이 더운지 추운지, 누가 떠드는지, 직접 확인하지 않아도 상태를 알려주는 눈과 귀 같은 존재이기 때문이다. 그 덕분에 내가 놓칠 수도 있는 부분과 사소한 부분까지도 바로잡을 수 있었다. A학생 덕분에 스터디 카페의 환경이 더 쾌적해졌다.

**가치 있는 일**

시간이 흘러 A학생은 고3이 되었다. 수능 전날까지도 37번 자리를 지키며 최선을 다했다. 매일같이 한결같은 자세로 앉아 있던 모습이 지금도 눈에 선하다. 그러던 어느 날, 문자 한 통이 도착했다.

[사장님, 서울대 합격했습니다.]

짧은 메시지와 함께 도착한 합격증 사진. 순간, 눈물이 핑 돌았다.

그 학생이 보내온 문자에는 진심 어린 감사가 담겨 있었다.

[사장님, 정신이 없어 연락을 못 드렸는데요. 제가 공부할 때 예민한 편이라 환경에 신경을 많이 써요. 그런데 여기 독서실은 너무 쾌적했고, 부탁드린 것도 바로바로 반영해 주셔서 정말 감사했어요. 덕분에 어제 발표 났어요. 대학 다니면서도 계속 이용할게요. 감사합니다!]

그 문자를 읽는 순간, 가슴 깊은 곳에서부터 뭉클한 감동이 올라왔다. 스터디 카페가 단지 조용히 책을 펼치는 공간이 아니라, 누군가의 인생이 시작되는 출발점이 될 수 있다는 사실이 감격스러웠다.

A학생이 처음 이곳에 왔을 때는 그저 친구들과 웃고 떠들던 평범한 10대였다. 하지만 기회를 주고, 한 번만 더 믿어줬을 때 그는 완전히 달라졌다. 누구보다 성실하고, 묵묵히 자신의 길을 걸어가는 사람으로 성장했다. 그 변화의 과정을 지켜보는 일은 내게도 큰 울림이 되었다. 누군가의 노력과 성장이 나의 보람이 되는 일. 이것이야말로 진짜 '가치 있는 일'이 아닐까.

성공은 준비와 기회의 만남에서 시작된다. 그리고 A학생은 그 기회를 스스로 붙잡았다. 나는 시간이 갈수록 더 따뜻한 마음으로 학생들을 대하게 된다. 또 다른 A학생이 찾아온다면, 나는 주저 없이 다시 기회를 줄 것이다. 왜냐하면 나는 알고 있다. 기적 같은 변화는, 누군가를 믿어주는 순간 시작된다는 걸.

그렇게 우리 스터디 카페는 오늘도 학생들의 꿈을 위한 작은 등불이 되어준다.

고맙고 기특한 A학생은 지금도 대학 시험 기간이 되면 우리 스터디 카페를 찾아온다. 여전히 37번 자리에 앉아, 공간의 분위기를 살피고 내게 조심스럽게 알려준다.

[사장님, 스카 안이 좀 덥습니다. 온도 조정 부탁드려요.]

그 모습이 참 고맙고 든든하다. 대학생이 된 지금도 성실함은 그대로였다. 그 자리에 앉아 조용히 최선을 다하는 그의 모습은, 이 공간의 일부처럼 자연스럽고 깊이 스며들어 있다.

시험 기간이 되면 어김없이 그 자리에 앉아 공부하는 그의 뒷모습을 보며 나는 다시 다짐한다.

"그래, 이 공간을 잘 지켜야겠구나."

처음엔 단순한 자영업으로 시작했던 스터디 카페. 하지만 이제 이 공간의 의미는 완전히 달라졌다. 단지 수익을 내기 위한 장소가 아니라, 누군가의 꿈이 자라고, 인생의 전환점이 만들어지는 따뜻한 둥지 같은 공간이 되었다.

오늘도 나는 이 공간을 지킨다. 언젠가 누군가의 인생이 바뀌었을 때, 그 이야기의 한 페이지에 내가 만든 이 공간이

조용히 자리하고 있다면, 그것만으로도 충분히 의미 있고,

충분히… 가치 있는 일이다.

# 합 격 증

□ 전 형 구 분:　　일반전형

□ 모 집 단 위:

□ 학　　번:

□ 성　　명:

□ 생 년 월 일:

위 사람이 2024학년도 서울대학교 대학 신입학생

정시모집에 합격하였음을 증명함.

2024년 02월 01일

서울대학교 입학본부장

**왜 아직도 사장이 청소를 해?**

새벽 6시. 늦게 잠든 남편은 또다시 무거운 몸을 이끌고 집을 나선다. 스터디 카페 청소를 위해서다. 평일 청소는 여전히 그의 몫이다. 나는 출장이나 일정이 있을 때, 점검할 일이 생기거나 새벽 청소 데이트가 하고 싶을 때 함께 나가곤 한다. 주말이나 여행이 있는 날엔, 천사 같은 청소 이모님이 자리를 든든히 채워주신다.

크리스마스 아침. 남편과 함께 새벽 청소를 나섰다. 맑고 차가운 공기, 푸르스름한 새벽하늘 아래 기침이 터졌지만, 그마저도 상쾌하게 느껴졌다. 폐 속까지 정화되는 기분이었다. "아, 상쾌해." 세수도 못한 얼굴로 창밖을 바라보며 속삭였다.

그날도 한 학생이 이른 시간부터 자리를 잡고 있었다. 방해되지 않도록 청소기 대신 빗자루를 들었다. 이내 성인 회원 한 분도 조용히 들어왔다. 오전 7시 30분. 특별한 날에도 목표를 향해 묵묵히 앉아있는 이들을 보며 마음이 찌르르했다.

"여보, 우리 스터디 카페도 이제 3년 차잖아. 청소는 맡기면 안 돼? 너무 힘들잖아."

"안 돼. 이젠 내 루틴이야. 난 게으르고 의지가 약해서, 스스로에게 의무감을 줘야 해."

"그게 아니라… 당신이 힘들어서 그렇지."

"괜찮아. 아침 청소를 하면 기분이 좋아. 하루를 의미 있게 시작하는 느낌이 들어. 여보 생각, 가족 생각도 하고, 사업 아이디어도 떠오르고… 생각할 시간이라서 좋아."

스터디 카페를 시작하고 나서 매물을 내놓으라는 전화가 자주 왔다. 지금도 가끔 "2년이면 정리할 때야.", "3년이면 팔아야지."라는 말을 듣는다. 물론 고민하지 않은 건 아니다. 하지만 이 공간을 운영하며 얻은 건 수익보다 더 깊고 단단한 배움이었다. 쉽게 손에서 놓을 수 없었다.

시간이 흐르며 시설은 조금씩 낡아갔다. 한쪽에선 폐업 소식이 들려왔고, 또 다른 곳에선 새로운 스터디 카페가 생겼다. 나는 흔들리지 않았다. 최소한의 비용으로 하나씩 불편한 점을 고쳐가며, 작은 정성으로 공간을 가꿔나갔다. 그렇게 해도 공부에 진심인 회원들은 이곳을 계속 찾아줬다.

"그 스터디 카페? 공부 안 하면 못 가요."

얼마 전, 우리 스터디 카페가 '공부 안 하는 학생들 사이에서 무서운 곳'이라는 소문이 돌고 있다는 말을 들었다. 순간 가슴이 철렁했지만, 이내 웃음이 났다.

"여기 빡세대요. 공부 안 하는 애들은 맞은편 스카로 갔어요."

관리가 느슨한 스터디 카페는 금세 중학생들의 놀이터가 되기 쉽다. 그래서 운영 기준을 높였고, 이용 연령도 17세 이상으로 조정했다. 중학생이 이용을 원할 땐 부모님과 통화 후, 친구와 동행하지 않고, 혼자만 사용할 수 있도록 했다. 다행히 어머님들의 만족도도 높았다.

우리 스터디 카페의 슬로건은 "정숙." 이 원칙은 어느새 공간 전체에 자연스럽게 스며들었다. 덕분에 '학습 분위기가 좋은 곳'으로 입소문이 났고, 치열한 경쟁 속에서도 조용하지만 단단하게 살아남을 수 있었다.

## 레드오션 속에서 고군분투 중

요즘 스터디 카페들은 운영이 갈수록 어려워진다. 매일같이 다양한 이름의 할인 이벤트가 걸린다. 가격 경쟁은 날로 치열해졌다. 처음엔 우리도 그 흐름에 잠시 동참했지만, 오래가지 않았다. 고심 끝에 가격을 '합리적인 선'에 맞췄고, 이후로 한 번도 내리거나 올린 적 없다. 대신 학습 분위기와 운영 방식에 대한 자부심을 지켜냈다.

성실하게 공부하는 회원들을 보며 나도 자극을 받고, 진심으로 응원하게 된다. 해마다 1월이면 이곳저곳에서 들려오는 대학 합격 소식에 기쁘다가도, 아직 결과를 기다리는 학생들을 떠올리면 마음 한편이 무거워진다. 모두가 원하는 결과를 얻기를, 간절히 바란다.

우리는 오늘도 성실하게 청소하고, 묵묵히 이 자리를 지킬 것이다. 각자의 자리에서 최선을 다하고 있는 모든 이들, 그리고 오늘도 고군분투하는 자영업자 사장님들을 진심으로 응원한다.

**각자의 자리에서 최선을 다하는 모든 분들, 그리고 모든 자영업자 사장님들을 응원합니다!**

# 스터디 카페 창업 현실 팁

## ✍ 스터디 카페 인수 시 체크리스트

### 1. 첫째도 입지, 둘째도 입지

저는 1억 원 이상의 인테리어 비용을 들여 신규 창업을 하는 것보다, 기존 스터디 카페를 저렴하게 인수하는 방식을 추천합니다.

스터디 카페 인수에서 가장 중요한 건 바로 입지입니다. 주변 세대수, 학교나 회사, 학원이 있고, 유동 인구가 많은 곳이라면 성공 가능성이 높아지기 때문입니다. 저 역시 운 좋게 좋은 입지의 매장을 인수했지만, 입지 조사는 기본 중의 기본입니다.

물론, 입지가 좋다고 무조건 장사가 잘되는 건 아닙니다. 하지만 나쁜 입지에서는 아무리 노력해도 '밑 빠진 독에 물 붓기'가 될 수 있습니다.

적어도 도전할 수 있는 기본 조건은 갖춰져야 한다는 점, 잊지 마세요.

## 2. 프랜차이즈는 신중하게 고려

스터디 카페를 인수할 때, 프랜차이즈 여부도 중요한 결정 요소입니다. 대부분의 프랜차이즈는 매달 로열티를 지불해야 하죠.

물론, 시스템과 마케팅에 도움을 주는 곳도 있지만, 많은 사장님들이 "기대만큼 도움되지 않는다"는 말을 종종 합니다. 결국, 가게의 성패는 프랜차이즈 본사가 아닌 운영하는 사장에게 달려있습니다. 로열티를 지불하면서까지 감당할 가치가 있는지 꼼꼼히 따져보세요. 초보 사장에게는 일정 부분 도움을 줄 수 있지만, 장사가 안 되는데도 고정비용으로 로열티까지 내야 한다면 금방 한계에 부딪힐 수 있습니다.

## 3. 주변 경쟁사 체크

가게를 인수하기 전에는 반드시 주변 스터디 카페들을 직접 둘러보세요.

물론, 독점이면 가장 좋겠지만, 수요도 있으면서 독점인 곳을 찾는 건 쉽지 않습니다. 그 지역에 스터디 카페가 많고, 실제로 운영이 잘 되고 있다면, 오히려 '그만큼 수요가 있다'는 긍정적 신호로 볼 수 있습니다.

반대로, 인수하려는 곳이 폐업한 매장이라면 왜 망했는지를 반드시 분석해야 합니다. 운영자 관리 부족이나 서비스미흡이 원인이라면, 충분히 회복 가능성 있는 공간일 수도있어요.

## 4. 시설 상태 꼼꼼히 확인

스터디 카페는 시설 관리가 핵심입니다. 아무리 처음에 고급스럽게 인테리어를 해놔도, 시간이 지나면 낡기 마련이죠. 전 사장님이 얼마나 관리했는지, 노후 정도는 어떤지반드시 확인하세요. 시설이 오래됐더라도 부분적으로 인테리어를 개선해 운영할 수 있는 수준인지 판단하는 게 중요합니다. 전체 리모델링이 필요한 수준이라면, 추가 투자 비용까지 고려해서 결정을 내려야 합니다.

## 5. 수익률 계산은 필수

초보 창업자나 투잡으로 스터디 카페를 운영하려는 분들은, 무조건 권리금이 저렴한 매장부터 보는 게 좋아요. 이사업은 입지랑 초기 투자금 관리가 거의 전부라고 해도 과

언이 아니거든요. 투자한 금액은 1년 안에 회수한다는 목
표로 시작해야 그나마 마음이 덜 불안합니다. 그리고 당연
한 얘기지만, 임대료가 저렴한 곳이 훨씬 유리해요. 괜히 입
지만 좋다고 비싼 곳 덥석 잡았다가 수익이 모두 날아갈 수
있어요. 수익률 계산은 시작 전에 반드시 해보셔야 해요.
현실적인 숫자부터 제대로 짚고 출발해야 오래 살아남을
수 있습니다.

## 🖋 인테리어 최소화 전략

스터디 카페를 인수할 땐, 기존 시설이 얼마나 깔끔하게 유
지되고 있는지 먼저 확인하세요.
책상과 의자가 정돈돼 있고, 공간이 기본적으로 청결하다
면, 큰 공사 없이도 분위기를 바꾸는 건 충분히 가능합니다.

예를 들어
· 게시판 공지를 통일감 있게 정리하고
· 조명이나 인테리어 소품 몇 가지만 바꿔도 공간의 인상이
달라집니다.
간판이나 상호명 변경에 많은 돈을 들이기보다는, 그 예산

으로 노후된 의자나 실내 소품 교체에 쓰는 게 훨씬 효율적이에요. 사소해 보이는 것 하나가 공간의 분위기를 바꾸기도 합니다. 복도에 감각적인 그림 한 점을 걸거나, 화장실에 잔잔한 음악을 틀고, 향긋한 핸드크림이나 방향제를 비치해 보세요.

세심한 디테일은 손님에게 '정성이 담긴 공간'이라는 인상을 남깁니다. 작은 것부터, 천천히 바꿔가보세요. 공간에 애정을 더할수록, 손님은 그 마음을 알아줍니다.

Q. 직원 없이도 운영할 수 있나요?

네, 시스템만 잘 구축하면 가능합니다. 키오스크와 관리자 앱을 통해 대부분의 조작이 가능하며, 냉난방도 앱으로 조절할 수 있습니다. 카카오톡이나 문자로 손님과 소통하면서 민원도 처리할 수 있죠.

다만, 자동화된 운영이라 해도 청소는 별도 인력이 필요합니다. 사물함 비밀번호 분실이나 화장실 문제처럼 예외 상황도 고려해야 합니다. 따라서 최소 주 2~3회는 직접 방문해 점검하는 시간을 확보하는 것이 좋습니다.

Q. 홍보는 어떻게 했나요?

네이버 플레이스를 적극 활용하세요. 가게의 이미지와 가격, 분위기를 상세히 적고, 카드 뉴스를 활용해 시선을 사로잡아 보세요. 블로그, 인스타그램, 카카오 채널도 필수입니다. 손님과의 소통 창구로 활용하기에 좋습니다. 특히 블로그는 상위 노출이 잘 되도록 꾸준히 관리해야 합니다.

이벤트는 신중히 계획하세요. 학생 대상 이벤트로 성인 손

님이 떠나는 경우도 많으니, 가게의 주요 고객층을 충분히
고려해야 합니다.

Q. 떠드는 회원, 각종 민원 관리는 어떻게 하죠?

친절은 자영업자에게 가장 강력한 무기입니다. 스터디 카
페 특성상 대면했을 때 과하게 친절하게 굴거나 인사하기
보다는 손님이 불편함을 느끼지 않도록 조용히 웃으며 인
사하고, 문자나 전화, 톡으로 민원이 들어왔을 때는 정중
하면서도 신속하고, 단호하게 대응하세요.

공부에 방해되는 손님이라면 환불을 과감하게 결정하는
것도 필요합니다. 한 명의 손님을 잡으려다 열 명의 손님을
잃지 않도록 현명하게 판단해야 합니다.

스터디 카페 운영은 생각보다 신경 쓸 부분이 많지만, 작은
부분부터 하나씩 실천하다 보면 분명 성장할 수 있습니다.
운영의 기본은 '애정'과 '친절'입니다. 그 두 가지를 잊지
않고 꾸준히 노력하다 보면 언젠가 많은 사람에게 사랑받
는 공간이 될 거예요.

"꿈을 품고 뭔가 할 수 있다면 그것을 시작하라. 새로운 일을 시작하는 용기 속에 당신의 천재성과 능력과 기적이 모두 숨어있다."

_괴테

# Chapter 2

# 고시원,
# 2평 안에서 길을 찾다

# 소중한 남편이
# 벌레가 되지 않도록

'어느 날 아침, 그레고르 잠자는 불안한 꿈을 꾸다 깨어났고
끔찍한 해충이 되어 침대에 누워 있는 자신을 발견했다.'
_카프카 『변신』 제1장

남편은 경영학과를 졸업하고 금융계 대기업에 다니던 회
사원이었다. 결혼 4년 차엔 적자 기업의 사업체를 맡아 CEO
로서 밤낮없이 운영하며 정상화에 성공했고, 결국 벤처기업
으로 인증을 받았다.

우리 남편은 특이한 사람이다. '돈'에 관심이 많아 '괴짜'라
고 말할 수도 있겠지만, 남편이 그렇게 살아온 모든 과정이
오히려 멋지게 느껴진다. 어렸을 때부터 열심히 사시는 아버

지를 보고 자라면서 '돈 버는 방법을 연구하고, 부자가 되어야 한다'는 생각을 품고 살아왔다는 이야기는 종종 나에게 큰 인상을 남겼다.

대학교 3학년 때, 갑자기 주식을 배우겠다며 지방으로 떠난 남자친구 덕분에 나는 졸지에 1년 동안 '꽃신' 신세가 되었다. 결국 그는 주식 투자 대회에서 입상하며 성과를 냈고, 졸업 후 자연스럽게 증권회사에 취업했다. 남편이 얼마나 이 길을 위해 노력했는지 알기에, 그가 보여주는 삶의 방식과 과정에 더 큰 존경을 보내고 싶다.

그해 졸업과 동시에 우리는 결혼했다. 단벌로 생활하며 악착같이 돈을 모았다. 평일엔 회사에 다니고, 주말에는 경조사가 많은 달이면 대리운전을 하며 아르바이트도 마다하지 않았다. 대리를 나서는 남편이 안쓰러워 가지 말라고 붙잡고, 눈물도 많이 흘렸다. 그렇게 열심히 사는 남편을 보며, 나 역시 허투루 살 수 없었다.

세 아이를 낳을 때까지 차 없이 지냈다. 차가 필요하면 근처에 사시는 아주버님에게 빌렸다. 보조 의자 라이더를 단 쌍둥이 유모차에 세 아이들을 태우고 열 정거장 정도는 거뜬히 걸어 다녔다.

임신 중에는 먹고 싶은 것이 많았지만, 단 한 번도 남편에게 "이게 먹고 싶다"라고 말한 적이 없다. 남편의 월급날이면 집 앞 떡볶이 2천 원에도 우리는 행복했다. 지금도 그때를 생각하면 마음이 저릿하면서도 따뜻해진다.

어느 날 "왜 이렇게 힘들게 살아?"라고 물으면, 남편은 "이 모든 것이 나중에 우리에게 큰 도움이 될 거야."라고 말했다. 그렇게 우리는 저축과 투자에 투자를 거듭했다. 세 아이를 키우며 힘든 순간도 많았지만, 그 덕분에 지금의 자리를 마련할 수 있었다. 남편의 노력이 빛을 발하는 지금, 나는 그가 참 대단하다는 생각을 다시금 하게 된다.

스터디 카페를 운영하면서 모든 운영과 업무는 내가 도맡아 했지만, 새벽 청소가 문제였다. 남편은 한 푼이라도 아끼기 위해서 청소 아르바이트를 쓰지 않고, 본인이 회사에 출근하기 전에 들러서 청소를 하겠다고 했다. 출장에 가거나, 청소가 어려운 날에는 나와 번갈아 가며 하기로. 그러나 그렇게 꼬박 1년을 새벽에 일어나 청소를 하고, 회사의 고된 업무를 병행하면서 남편 몸에 이상이 오기 시작했다. 어느 날 새벽, 남편이 식은땀과 사색이 된 얼굴로 나를 깨웠다.

"으악!"

"왜 그래? 여보?"

"아, 머리가 너무 아프고 깨질 것 같아."

"무섭게 왜 그래? 당장 병원 가자."

하루를 쉬며 대학병원에서 뇌 CT를 찍고, 여러 검사를 받았다. 수척해진 남편의 얼굴을 보자 가슴이 미어졌고, 눈물이 왈칵 쏟아졌다.

"여보, 너무 힘들어서 안 되겠어. 이제 좀 쉬자."

"내가 병원에 다시 취업해도 되고, 어떻게든 되겠지. 한 번도 쉬질 않았잖아. 이제 좀 쉬어도 돼. 너무 힘들면 당장 그만둬."

그 말을 들은 남편은 고마워하며, 조금 더 고민해 보겠다고 했다. 회사는 나날이 성장했지만, 남편의 건강은 계속 나빠졌다. 출장과 고된 업무가 반복됐고, 더는 지체할 수 없었다. 결단을 내리기로 했다.

그렇게 12월 어느 날, 남편은 모든 업무를 인수인계하고, 팀장님께 직책을 넘겼다.

시스템이 만들어졌고 벤처기업으로 등록도 되었기에, 더 이상 남편이 없어도 직원들이 잘 이끌어 나아가 줄 거라고 믿었다. 단, 고된 업무들은 당분간 남편이 수시로 출근하며 도와줘야 했지만, 상대적으로 시간적 여유가 생겼다. 처음 느껴보는 여유였다.

"도서관에 가서 당신이 좋아하는 책도 마음껏 읽고, 하고 싶은 것도 해봐. 다음 계획은 천천히 생각하자. 고생했어."

이후 우리 가족은 속초로 2박 3일 여행을 떠났다. 속초 바다를 바라보며 남편은 말했다.

"이렇게 아무것도 하지 않고 쉬어본 게 정말 오랜만이야."

나도 모르게 웃음이 났다. 남편이 무거운 짐을 내려놓고 잠시나마 웃을 수 있어 참 다행이었다. 그렇게 우리는 처음으로 마음 편히 여행을 즐겼다. 행복했던 그 순간은 여전히 따뜻한 기억으로 남아있다. 2년 전으로 돌아간다 해도, 같은 선택을 할 것이고, 그때처럼 남편에게 말할 것이다.

**"쉬어도 괜찮아. 우리에게 가장 소중한 건 당신이니까."**

나는 문득, 고전 소설 카프카의 『변신』 첫 문장이 떠올랐다.

'어느 날 아침, 그레고르 잠자는 불안한 꿈을 꾸다 깨어났고 끔찍한 해충이 되어 침대에 누워있는 자신을 발견했다.'

사랑하는 가족을 위해 묵묵히 버티는 사람들, 아무 일 없는 듯 매일 같은 길을 걸어가는 사람들. 그런 삶은 가끔, 누구에게도 보이지 않는 무게로 다가온다. 그 무게가 너무 오래, 너무 깊게 쌓이면 어느 날 문득 스스로가 벌레가 되어버린 건 아닐까, 하는 생각이 들지도 모른다.

남편이 그런 마음을 품지 않기를, 스스로를 놓아버리는 순간이 오지 않기를 바랐다. 무너지기 전, 지치기 전에 누군가가 먼저 손을 내밀어 주기를.

그래서 나는 말해주고 싶었다. 세상의 무게가 아니라, 당신의 마음 먼저 지키자고. 당신은 벌레가 아니라, 그 누구보다 뜨겁고 성실하게 살아온 사람이라고. 그리고 그 말은, 결국 나 자신에게도 하고 싶은 말이었다.

매일을 치열하게 버텨내던 그레고르는 어느 날 아침, 끔찍한 벌레로 변해버렸다. 가족을 위해 묵묵히 헌신하던 그는 이제 방 한구석에 갇혀, 어떤 일도 할 수 없는 존재가 되었다. 처음엔 절망했다. 그러나 가족들은 그를 외면하지 않았다. 오히려 따뜻한 마음으로 보살폈다. 그레고르는 오랜만에 돌봄 속에서 평온한 쉼을 얻었다.

어느 날, 깊은 잠에서 깨어났을 때 그는 다시 인간의 모습으로 돌아와 있었다. 가족들 역시 깨달았다. 무엇보다 소중한 건 돈도, 일도 아닌 함께하는 시간이라는 것을. 그레고르는 다시는 예전처럼 살지 않겠다고 마음먹었다. 일상의 소소한 기쁨, 서로를 바라보는 따뜻한 시선. 그는 그것들이 진짜 행복임을 알게 되었다.

그의 '변신'은 결국, 가족애를 되찾고 삶의 진정한 가치를 깨닫게 만든 기적이었다.
_희망적으로 각색해 본 카프카의 『변신』 속 그레고르의 이야기

# 고시원,
# 새로운 도전의 시작

**"고시원의 세계를 아시나요?"**

여느 때처럼 재테크 책을 보던 남편이 갑자기 나를 불렀다.

"여보, 이 책 좀 봐봐."

"뭔데?"

"평범한 직장인이 오래된 고시원을 싸게 인수해서 약간만 인테리어 하고, 주 2회만 출근하면서 월 천만 원을 벌었다네. CCTV랑 도어락만 있으면 무인 운영도 가능하고, 나중에 팔 땐 권리금도 더 받을 수 있다더라. 만실만 되면 수익률이 30%래."

뜬구름 잡는 소리 같았지만, '월 천만 원'이라는 말에 눈이 번쩍 뜨였다. 나는 그 자리에서 한 시간 만에 책을 정독했다.

고시원에 살아본 적 있는 나는 원장님 하면 연세 지긋한 어르신만 떠올랐기에, 요즘은 젊은 사람들이 투자 수단으로 운영한다는 사실이 꽤나 놀라웠다.

"우리도 할 수 있지 않을까?"

그날부터 남편과 나는 본격적으로 고시원을 공부하기 시작했다. 젊은 원장님들의 블로그를 처음부터 끝까지 정독하고, 카페와 유튜브에서 창업 정보를 검색하며 하나하나 배워 나갔다.

"실전이다, 여보. 일단 임장부터 가자!"

남편 특유의 실행력이 발동했다. 당시 우리는 재테크로 모아둔 자금이 약 1억 5천만 원 정도 있었다. 지금은 고시원 가격이 많이 올랐지만, 그때만 해도 그 가격이면 월 4백만 원에서 5백만 원 수익을 기대할 수 있었다.

고시원 부동산은 일반 부동산과 다르다. 동네 공인중개사에 "고시원 매물 있어요?"라고 물어볼 수 있는 구조가 아니다. 고시원넷이나 관련 카페에서 매물을 검색하고, 부동산 중개인과 약속을 잡은 뒤 현장을 함께 보는 방식이다.

"오늘 계약 안 하면 다른 분이 가져가요."

이런 말엔 당장 계약금을 송금해야 할 것 같은 초조함이 밀려온다. 하지만 마음의 여유가 중요하다. 성급한 계약은 위험하기 때문이다. 크로스 체크는 필수다. 같은 매물도 중개사에 따라 가격이 다를 수 있기 때문이다.

중개사의 말에 덜컥 계약하는 실수는 피해야 한다. 열 군데 이상 임장을 해보며, 발품을 팔고 숫자를 비교하며 판단하는 게 기본이다. (우리는 실제로 서른 군데 이상 매물을 봤다.) 조급함은 실패의 지름길. 좋은 매물을 놓치는 것보다 잘못된 매물을 덥석 잡는 것이 더 큰 손해다.

고시원 창업 전, 반드시 스스로에게 물어야 할 질문이 있다. "과연 이 일이 나와 맞는 일일까?"

고시원은 자동화 수익처럼 보이지만, 실제론 손이 많이 간다. 청소, 민원, 세입자 응대 등 직접 챙겨야 할 일이 적지 않다. 사람을 상대하는 일이니, 감정 소모도 크다. 유튜브 영상을 보고 퇴직금으로 고시원을 인수했다가 한 달도 안 되어 다시 내놓는 경우도 있었다. 마음이 아팠다. 무리하지 않았다면, 조금만 더 준비했더라면…

고시원 리모델링도 마찬가지다. 임차인 입장에서 큰돈을 투자하는 건 오히려 임대인에게만 좋은 일일 수 있다. 꼭 필요한 부분만, 최소한의 비용으로. 테코타일, 조명, 디퓨저,

그림 하나만으로도 분위기를 바꿀 수 있다. 실속 있게 접근하는 게 정답이다.

**기회는 결국 돌고 돌아 다시 온다. 나와 인연인 매물은 때가 되면 찾아온다.**

# 쓰고, 달달한
## 고시원 창업

**"완벽한 매물은 없다는 함정"**

고시원의 세계가 낯설었던 우리는 멘토가 절실했다. 유튜브에서 고시원 운영 노하우를 알려주는 어느 분에게 용기 내어 연락을 했다. 고시원 창업에 대해 이것저것 질문을 했더니, 그분은 친절하게 컨설팅을 권했다. 하지만 비용이 만만치 않았다. 잠시 망설였다.

"컨설팅은 좀 부담스러워서…."

그러자 그분은 우리에게 믿을 만한 중개사를 소개해 주었다. 나름 유명한 사람이 추천한 곳이니만큼 신뢰가 갔다. 믿을 만한 중개사를 소개해 준 그분에게 정말 감사했다.

처음 만나는 날, 떨리는 마음을 안고 남편과 나는 고시원 중개 사무실로 향했다. 차갑고 삭막한 공기가 감도는 사무실 안. 서로 오고 가는 상투적인 인사 속에서 중개사는 계약서를 꺼냈다. 계약서에는 이렇게 적혀 있었다.

'백만 원을 지불하면, 고시원 계약이 성사될 때까지 우리에게 맞는 좋은 매물을 보여준다.'

일종의 전속 계약이었다.

"실장님, 보통 사람들은 매물을 몇 군데 정도 보고 계약하나요?"

돌이켜보면 참으로 순진한 질문을 했다. 당연히 적게 보고 계약한다고 하지 않겠나. 중개사는 친절한 듯 대답했다.

"보통 네 번 정도 보시면 계약하세요. 완벽한 매물은 없으니까요. 다 비슷해요. 느낌을 보세요."

그 말을 듣고 나는 고개를 끄덕였다. 소개해 준 사람도 유튜버이고, 중개사도 유능해 보였으니 철석 같이 믿었다.

"이제 곧 고시원 원장이 되겠구나!"

설렘과 기대가 한가득이었다.


**아찔한 첫 고시원 매물 임장기**

중개사는 우리의 가용 가능한 금액을 듣고, 적당한 매물

두 개를 보여주겠다고 했다. 드디어 현실로 다가오는 고시원 원장의 꿈. 조금은 두근거리고, 설레는 마음으로 첫 매물을 보러 갔다.

첫 매물은 대학가에 있는 고시원. 방이 총 36개, 절반은 샤워룸, 절반은 미니룸이었다.

원룸형 방 안에 화장실과 샤워실이 있는 구조

샤워룸 방 안에 샤워실만 있고, 화장실은 공용으로 사용하는 구조

미니룸 방 안에 화장실이 없으며, 공용 화장실과 공용 샤워실을 사
　　　용하는 구조

"여기는 보증금, 권리금 포함 1억 2천인데, 수익률도 좋고, 예쁘게 꾸미면 더 올릴 수 있어요. 지금 원장님이 집도 멀고, 일이 너무 바빠서 급하게 내놓으신 물건입니다."

고시원으로 향하는 차 안에서 간단하게 매물에 대한 브리핑을 들었다. 내가 대학 시절 머물렀던 고시원과 비슷한 느낌이었다. 원장님과 대화를 나눠보니, 인수한 지 한 달 만에 다시 내놓은 매물이라는 사실을 알게 되었다. 중개사의 눈빛이 흔들리는 것을 보았다. 뭔가 들킨 것만 같은 얼굴. 아마도

문제가 있는 것 같았다. 남편과 눈빛을 교환했다.

'여긴 아니다.'

서둘러 그곳을 빠져나와 바로 다음 매물로 향했다.

두 번째 매물은 한마디로 충격과 공포였다. 귀신의 집보다 더 으스스하고 한기가 느껴졌다.

보증금과 권리금을 포함해 1억인 이곳은 방이 총 35개짜리 미니룸 고시원이었다. 좁은 복도에 들어서자 지린내가 코를 찔렀고, 얼음장처럼 차가운 바닥은 발끝까지 시렸다. 사람 한 명 겨우 지나갈 만큼 비좁은 통로. 빈 방을 보여주던 중, 나도 모르게 튀어나온 말. "여기… 사람이 사는 곳 맞나요?"

1평 남짓한 방 안. 니코틴과 오물로 얼룩진 꽃무늬 벽지, 노랗게 변색된 이불, 먼지 쌓인 옷가지들. 도저히 사람이 눕거나 생활할 수 있는 공간이 아니었다. 그 광경은 충격이자 공포였다.

"여기는 좀 썩(고 낡)은 고시원이긴 한데요, 원장님이 젊으시니까, 예쁘게 인테리어 하면 이만한 물건 없어요. 입실료도 올리고, 권리금도 몇 배는 더 받을 수 있어요."

중개사의 말은 달콤했지만, 눈앞의 현실은 너무나 참혹했다. 권리금 장사라는 말이 귀에 들어올 리 없었다.

중개사와 헤어진 뒤, 남편과 나는 깊은 고민에 빠졌다.

"과연 우리가 이걸 할 수 있을까?"

억 단위로 돈이 오가는 상황 앞에서 마음속에는 두려움이 가득했다. 이 열악한 고시원을 감당할 수 있을까? 달콤한 말만 하는 중개사를 믿어도 될까? 스스로도 확신이 서지 않았다. 결국, 더 신중해지자고 다짐했다.

### 인생 수업료

백만 원을 주고 전속 계약한 고시원 중개사는 비싼 컨설팅 받는 손님의 수요가 늘자, 점차 우리에게 소홀해졌다. 컨설팅을 받지 않는 우리에게는 좋은 매물을 적극적으로 보여주지 않는 식이었다. 대신 B급 고시원만 세 번 정도 더 보여주었다. 결국 우리는 더 나은 매물을 찾기 위해 직접 발로 뛰기 시작했고, 전속 중개사와의 연락도 자연스레 끊겼다. 그 후로, 그 역시 우리에게 다시 매물을 제안하지 않았다. **그렇게 백만 원은 값비싼 인생 수업료가 되었다.**

이튿날부터 우리는 본격적으로 고시원 임장을 나섰다. 매일같이 모든 부동산에 전화하고, 하루 걸러 약속을 잡아 정신없이 발품을 팔았다. 그 사이 인연이 되어 아직도 연락을 주고받는 팀장님, 이사님도 생겼다.

"원장님, 좋은 매물 또 나왔는데 보실래요?"

지금도 여러 중개사에게서 하루 두 통 이상 전화를 받는다.

"원장님, 고시원 팔 계획 없으세요?"라는 연락은 심심찮게 온다.

백만 원은 비쌌지만, 그 경험 덕분에 우리는 고시원 창업의 현실을 배웠다. 절대 한 곳에 의존하지 말 것. 중개사의 말에만 의지하지 말 것. 발로 뛰며 스스로 확인하는 노력이 필요하다는 것을.


## 너는 내 운명 고시원

고시원 임장을 다닌 지 두 달이 넘었다. 수십 군데 매물을 보면서 이제는 수익률 계산도 중개사의 브리핑만 들으면 어느 정도 나올 만큼 익숙해졌다. 신소방, 구소방, 올원룸, 미니룸, 썩고(낡고 오래된 고시원) 등의 종류를 비롯해, 복도 폭 사이즈, 방문이 여닫히는 방향, 내벽 종류(벽을 두드려보면 콘크리트인지 합판인지 정도는 구별할 수 있을 정도였다)

를 파악할 수 있을 정도로 고시원 세계에 익숙해져 갔다. 하지만 여전히 마음에 드는 매물은 나오지 않았다.

우리에게도 운명 같은 고시원이 나타날까? 하루하루 고민하면서도 희망을 놓지 않았다.

| 주소 | | | | | | | |
|---|---|---|---|---|---|---|---|
| 간단요약 | 올미니, 나무문 | | | | | | |
| 구분 | 녹색칸 수정 현재 | 만실 | 90% | 80% | 70% | 60% | 비고 |
| 보증금 | 3,000 | 3,000 | 3,000 | 3,000 | 3,000 | 3,000 | |
| 권리금 | 3,500 | 3,500 | 3,500 | 3,500 | 3,500 | 3,500 | |
| 리모델링 | 2,000 | 2,000 | 2,000 | 2,000 | 2,000 | 2,000 | |
| 복비 및 투자금액 | 500 | 500 | 500 | 500 | 500 | 500 | |
| 룸 개수( 금액) | 30 | 30 | 30 | 30 | 30 | 30 | |
| 원룸 외창 45 | 0 | 0 | 0 | 0 | 0 | 0 | |
| 원룸 내창 40 | 0 | 0 | 0 | 0 | 0 | 0 | |
| 사워 외창 38 | 0 | 0 | 0 | 0 | 0 | 0 | |
| 사워 내창 35 | 0 | 0 | 0 | 0 | 0 | 0 | |
| 미니 외창 24 | 14 | 14 | 14 | 14 | 14 | 14 | |
| 미니 내창 22 | 16 | 16 | 16 | 16 | 16 | 16 | |
| 공실 | 4 | 0 | 3 | 6 | 9 | 12 | |
| 공실률 | 13% | 0% | 10% | 20% | 30% | 40% | |
| 룸 평균금액 | 22.9 | 22.9 | 22.9 | 22.9 | 22.9 | 22.9 | |
| 매출 합계 | 596 | 688 | 619 | 550 | 482 | 413 | |
| 임대료 | 220 | 220 | 220 | 220 | 220 | 220 | VAT포함 |
| 관리비 | 20 | 20 | 20 | 20 | 20 | 20 | VAT포함 |
| 고정비 합 | 220 | 220 | 220 | 220 | 220 | 220 | |
| 고정비 전기 | 100 | | | | | | |
| 고정비 가스 | 50 | | | | | | |
| 고정비 인터넷 | 20 | | | | | | |
| 고정비 CCTV | 0 | | | | | | |
| 고정비 기타 | 50 | | | | | | |
| 세전이익 | 136 | 228 | 159 | 90 | 22 | -47 | |
| 연 수익률 | 18.17% | 30.40% | 21.23% | 12.05% | 2.88% | -6.29% | |

| 권리금 계산(36개월) | |
|---|---|
| 구/ 신소방 | 구소방 |
| 인터넷 약정 | 약정 만기및 화인 |

수익률 계산했던 엑셀 파일 예시

어느 날, 고시원 임장 체크리스트를 정리하다가 집과 가까운 고시원 매물을 발견했다. 처음 보는 중개소였다. 설레는 마음으로 전화를 걸었다.

"안녕하세요. ○○○고시원 매물을 보고 연락드렸어요. 혹시 오늘 볼 수 있을까요?"

"네, 두 시에 고시원 앞에서 보면 어떨까요?"

"알겠습니다. 그럼 이따 뵙겠습니다!"

약속 시간에 도착하니 인상 좋은 두 분이 나와 계셨다. 자신을 팀장과 이사라고 소개하며 바로 브리핑이 시작되었다.

"이 매물은 보증금, 권리금 포함해서 2억입니다. 항상 만실이에요. 외국인 학생들이 많이 살아요."

대학가에서 약간 떨어져 있었지만, 교통이 좋아 대학생과 직장인 수요가 많은 고시원이었다. 미니룸과 원룸이 반반 섞인 혼합형 구조. 올(ALL)원룸으로 구성된 프리미엄 고시원은 아니었지만, 복도 폭이 넓고 최근 부분 인테리어도 마쳐 깔끔한 편이었다. 처음으로 마음에 드는 고시원이었다. 연세 지긋한 원장님은, 동업자와의 불화로 인해 이곳을 내놓게 되었다고 했다.

"생각한 금액보다 조금 초과되는데, 약간만 조정해 주실 수 없을까요?"

"말은 해 볼게요. 그런데 인테리어 한 지 얼마 안 돼서 어려울 거예요."

그때 갑자기 팀장님이 말했다.

"아, 생각났어요. 어제 나온 매물이 하나 있는데, 금액도 괜찮고 원장님 두 분이 10년째 운영 중이에요. 연세도 있으시고, 몸이 안 좋으셔서 급히 내놓으셨다고 해요. 한번 보실래요?"

왠지 모를 운명에 이끌리듯 두 번째 고시원으로 향했다. 이곳은 오래된 느낌이었지만, 묘하게 따뜻한 기운이 감돌았다. 넓은 옥상과 복도, 많은 방 개수 덕분에 수익률도 나쁘지 않았다. 손볼 곳은 많았지만, 기본 구조는 탄탄했다. 무엇보다 인상 깊었던 건, 원장님 두 분의 따뜻하고 정직한 모습이었다.

"이렇게 고운 아가씨가 고시원을 운영할 수 있겠어요?"

딸을 보듯 건네는 진심 어린 눈빛이 느껴졌다. 원장님과 이야기를 나누다 안타까운 사정을 알게 되었다.

"인터넷을 잘 몰라서 홍보를 못 했어요. 자식들도 도와주지 않아서 그냥 손 놓고 있었죠. 그래서 방이 10개나 비어 있어요."

나는 자연스레 원장님의 손을 잡고 말했다.

"원장님, 제가 이 고시원을 계약하지 않더라도 인터넷 홍보는 꼭 도와드릴게요."

그 말에 원장님의 눈시울이 붉어졌다.

"고맙습니다. 정말 고맙습니다."

서로의 손을 꼭 잡고, 따뜻한 눈빛이 오갔다. 그 순간, 나도 눈시울이 뜨거워졌다.


## 드디어, 우리도 고시원 원장님

며칠을 고민한 끝에 결단을 내렸다. 드디어 장장 세 달 만에 고시원 양도 양수 권리계약이 이루어졌다. 임대인과의 최종 계약까지 마지막까지도 설렘과 긴장이 교차했다. 계약 후, 전 원장님과 함께 세무서로 갔다. 양도인은 폐업 신고를, 우리는 새로운 이름으로 사업자 등록을 마쳤다. 마지막으로 KT 전화국에 가서 전화를 양도받고서야 모든 절차가 끝났다.

그렇게 시작된 우리의 첫걸음. 고시원 원장이 된 날. 하루 종일 정신없이 바쁘게 움직인 끝에, 남편과 나는 저녁이 다 되어서야 고시원으로 돌아올 수 있었다. 남편이 회사를 그만

두기로 결심했던 날부터 고시원 임장을 다니며 추운 겨울을 견뎌냈던 날들. 모든 순간이 필름처럼 스쳐 지나갔다.

"고생했어, 여보."

그 말에 서로 멍하니 앉아 있다가 우리는 동시에 웃음을 터뜨렸다.

"여보, 축하해. 이제 우리 진짜 고시원 원장이야!"

어디서부터 시작해야 할지 막막했지만 그저 그 공간에 앉아 있는 것만으로도 벅찬 감정이 밀려왔다. 온갖 물품이 널브러진 사무실, 하지만 이제는 우리의 공간이었다.

작고 낡은 고시원에서 우리의 꿈을 하나씩 만들어가기로 했다. 그렇게 우리는 고시원 원장으로서 첫발을 내디뎠다. 비록 험난한 길이지만 이제는 두려움보다는 설렘이 더 컸다. 우리의 고시원 이야기는 이제 시작이다.

## 고시원 창업 양수 계약 순서

| 순서 | 내용 | 비고 |
|---|---|---|
| 1 | 권리양도양수 계약 | 계약금은 총금액의 10% 선지급 / 잔금일은 협의 가능 / 6~8주 이내 잔금 정산 |
| 2 | 소방안전교육 이수 | 한국소방안전원 사이트에서 다중이용업 온라인 교육 이수 후 이수증명서 출력 |
| 3 | 관할 소방서 방문, 소방 점검 신청 | 제출서류: 양도양수 계약서, 소방안전교육 이수증, MU번호로 가입된 화재배상책임보험 증서 |
| 4 | 소방 점검 및 완비증명서 발급 | 소방서와 일정 협의 후 방문 점검 / 이상 없을 시 완비증명서 발급 |
| 5 | 임대차 계약 | 건물주와 직접 계약 / 특약 및 권리금 조항 여부 확인 |
| 6 | 인수인계 및 사업자등록 | 기존 사업자 폐업 이후 신규 사업자 등록 / KT 전화국 방문 사업자등록증에 맞게 간판, 세금 정보 정비 |

# 우리의 땀과 손길로
# 완성해 가는 공간

첫 고시원을 인수한 뒤, 정신없이 바쁜 날들이 이어졌다. 무엇부터 손대야 할지 막막했지만, 한 가지는 분명했다. 돈을 아껴야 한다는 것.

작은 구멍가게처럼 시작한 고시원 사업. 처음엔 전문가에게 맡길까 고민도 했지만, 받아 든 견적서는 냉혹했다. 리모델링 비용이 만만치 않았다. 결국, 남편과 나는 직접 발로 뛰기로 했다.

첫 목표는 오직 하나, 비용 절감.

싸게 살 수 있는 곳이라면 어디든 갔다. 서울 방산시장을 시작으로, 인테리어 자재를 파는 곳이면 도매점, 중고시장, 온라인이든 가리지 않았다. 벽지, 페인트, 조명 하나까지도 꼼꼼히 비교했다. 조금이라도 저렴한 곳을 찾기 위해 하루 종일 뛰어다녔다.

처음 방문한 방산시장은 그야말로 재료의 천국이었다. 데코 타일을 고르며 가격을 흥정하고, 페인트를 살 때는 샘플을 받아 집에서 테스트해 보았다. 조금이라도 더 좋은 제품을 싸게 구입하기 위해 여러 가게를 오가며 가격을 물었다.

비용 절감의 가장 큰 부분은 셀프 인테리어였다. 남편과 나는 직접 벽지를 바르고, 칠을 하고, 작은 수리까지 해내며 하나하나 공간을 완성해 갔다. 공구도 한두 개 사서 사용법을 익혔다. 처음에는 서툴러 벽지를 찢거나 페인트를 흘리기도 했지만, 반복하다 보니 손에 익었다.

"여보, 여기 타일 끝이 안 맞네."

"아, 잠깐만. 다시 조정할게."

함께 몸을 굽히며 맞춰가다 보면 어느새 시간이 훌쩍 지나 있었다. 우리 손으로 직접 꾸며가는 공간이 하나 둘 생겨날 때마다 마음속에 작은 성취감이 쌓여갔다.

주방을 제외한 웬만한 인테리어는 업자를 부르지 않고, 우리의 손을 거쳐 갔고, 페인트칠, 도배, 타일 붙이기, 전기 배선까지도 유튜브를 보면서 해 나아갔다. 변기 아래 틈새 백시멘트 작업, 줄눈은 이제 내가 직접 할 수 있다. 신혼 때 전구 교체도 서툴던 우리 남편, 이제는 고시원 '맥가이버 원장님'이라고 불린다.

손이 거칠어지고, 몸은 녹초가 되었지만, 직접 해낸 공간이 하나둘씩 제 모습을 갖출 때마다 뿌듯함이 밀려왔다. 한밤중에 지쳐 주저앉아도, 서로를 바라보며 웃었다.

"우리 진짜 해냈다. 잘하고 있어."

아침부터 저녁까지 구슬땀을 흘리고, 고시원 근처에 있는 돼지 껍데기 집에서 먹었던 시원한 맥주 한잔이 지금도 잊혀지지 않는다.

생각보다 쉽지는 않았다. 업자에게 맡기면 하루 만에 끝날 일을 우리는 몇 날 며칠을 걸려 완성해야 했으니. 허리도 아프고, 팔도 저렸지만 작업을 마치고 바라본 방의 모습은 참 예뻤다.

중간에 도저히 안 될 것 같은 부분은 결국 전문가의 손을 빌리기도 했다. 전선 연결이나 배관공사처럼 전문성이 필요한 일은 안전 문제도 있어 감히 손대지 못했다. 하지만 우리가 할 수 있는 부분은 최대한 직접 하려고 했다. 남편과 나는 그렇게 땀과 시간을 들여 1호 고시원을 조금씩 우리만의 공간으로 바꿔나갔다.

고시원이 점점 우리의 손길로 완성되어 갈 때, 그 공간이 단순히 사업장이 아니라 우리의 꿈이 깃든 보금자리처럼 느껴졌다. 힘든 순간이 없었다면, 아마 지금의 우리는 없었을 것이다. 지나고 나니 그 모든 땀과 노력의 시간이 참 소중하게 느껴진다.

고시원은 그렇게 우리의 손으로 하나씩 채워졌다. 비록 전문가는 아니었지만, 서툰 손길로도 정성을 다하면 공간이 변하고, 마음도 변한다는 걸 배웠다. 어설픈 벽지, 덜 마른 페인트 자국도 우리에게는 그 자체로 의미 있는 흔적이었다.

이제는 웃으며 이야기할 수 있는 셀프 인테리어의 기억들이 우리의 첫 시작을 따뜻하게 만들어 주었다.

"우리 손으로 만든 공간이라 더 애정이 가는 것 같아."

남편의 말에 나도 고개를 끄덕였다. 그때 느꼈다. 우리가 함께 만든 공간은 단순히 고시원이 아니라, 우리의 또 다른 인생 이야기라는 것을.

고시원 Before

내향인 엄마는 어떻게 대표가 되었을까

고시원 After

# 진심은
# 결국 통한다

"안녕하세요! ㅇㅇ님! 반갑습니다. 새롭게 고시원을 맡게 된 원장입니다!"

처음 인사할 때, 목소리가 약간 떨렸다. 남편은 누가 봐도 인싸 스타일. 사람들에게 스스럼없이 말을 잘 건네는 반면, 나는 그와 정반대인 아싸. 고시원 입실자들에게 다가가는 일이 생각보다 쉽지 않았다. 은근한 기싸움도 있었다. 고시원 선배들에게 "처음부터 우습게 보이면 안 된다"는 이야기를 들었기에 저음의 목소리를 일부러 밝은 '솔' 톤으로 맞춰 힘차게 인사했다.

"안녕하세요!"

　잘 부탁드린다는 마음으로 떡과 정성 어린 편지도 돌렸지만, 입실자들은 처음 보는 젊은 원장들이 낯설고 어색한 듯했다. 나중에 들은 이야기로는 젊은 원장들이 인테리어를 핑계로 시끄럽게 굴다가 방값을 올릴까 봐 걱정이 많았다고 했

다. 처음에는 그런 오해로 인해 경계도 있었지만, 시간이 지나면서 자연스레 풀렸다. 이제는 고시원에 자주 가지 못하면 [원장님, 언제 오세요?]라며 우리가 보고 싶다고 문자까지 보내온다. 바쁠 때는 변기도 뚫어주고, 김치가 배송되면 냉장고에 넣어줄 만큼 서로에게 다정한 사이가 되었다. 정이 많이 들었고, 이제는 마음이 따뜻하고 감사한 분들이다.

우리가 직접 고생하며 인테리어를 하는 이유는 비용 절감이 첫 번째였지만, 그 또한 입실자들에게 부담을 덜어드리기 위함이었다. 전 원장님에게 인계를 받으면서 거주자들의 사연을 하나씩 듣게 되었다. 오래 거주한 분들도 많았고, 이 고시원이 삶의 터전인 분들도 있었다. 그 이야기를 들으며 남편과 나는 생각했다.

'수익률을 높이기 위해 무조건 방값을 올리는 게 맞을까?'

요즘 고시원 운영의 관행처럼 된 것이 있다. 리모델링을 하고, 방값을 올려 수익률을 높이는 것. 이런 분위기 속에서 입실자들도 "우리도 방값이 오르려나?" 하고 걱정했을지도 모른다.

하지만 이곳에서 오래 머물며 하루하루를 버티는 사람들

에게 갑작스러운 방값 인상은 큰 부담이 될 것이라는 생각이 들었다. 결국, 남편과 나는 기존 입실자들의 방값을 올리지 않기로 했다. 대신 인건비를 줄이기 위해 할 수 있는 일은 직접 하고, 하루빨리 공실을 채워 만실을 만드는 것을 최우선으로 삼았다. (방이 나갈 때마다 새 단장을 하고, 이후 새로운 입실자에게는 조정된 금액을 적용했다.)

첫날부터 방 10개가 비어 있었다. 우리는 서둘러 청소하고, 낡은 가구를 새것으로 바꾸었다. 작은 소품과 조명으로 방을 아늑하게 꾸며 사진을 찍었고, 그 사진을 온라인에 올려 홍보를 시작했다.

홍보는 스터디 카페를 운영하며 쌓아온 마케팅 노하우 덕분에 자신이 있었다. 네이버 플레이스를 만들고, 블로그와 인스타그램, 카카오 채널을 개설해 소통의 창을 열고 고시원의 분위기와 장점을 적극적으로 알렸다. 그렇게 일주일, 이 주일이 지나고 한 달 만에 고시원은 기적처럼 만실이 되었다.

"원장님, 방값 안 올려줘서 고맙습니다."

"여기 떠나기 싫어요. 오래 머물고 싶습니다."

그 말들을 들으니, 그동안의 고생이 헛되지 않았다는 생각이 들었다. 고시원이 단순히 수익을 내기 위한 공간이 아니라 누군가의 삶과 일상이 담긴 공간임을 다시금 느낀다. 입실자들이 안정감 속에서 조금 더 편안하게 머물 수 있도록 앞으로도 정성을 다하고 싶다. 오래 머물던 사람들이 떠나지 않고, 새로운 사람들도 부담 없이 들어올 수 있도록.

고되었지만, 우리가 손수 꾸민 공간에서 입실자들이 편안함을 느낀다면 그걸로 충분하다. 그 마음 하나로, 오늘도 남편과 나는 작은 변화를 차곡차곡 쌓아간다. 고시원에서 '집 같다'는 느낌이 들었다는 말 한마디에, 나는 원장으로서의 깊은 보람을 느낀다.

# 그녀를
# 믿지 마세요

   1호 고시원을 계약한 지 세 달쯤 되었을 무렵이었다. 운영에 조금씩 익숙해질 무렵, 높은 수익률에 이끌려 다른 고시원 매물에도 눈이 갔다. "좋은 매물은 금세 사라진다"는 말에 임장을 다녔지만, 마음에 드는 곳은 좀처럼 나타나지 않았다. 그러던 어느 날, 어느 중개인에게 전화가 왔다.

   "원장님, 이 물건 오늘 계약 안 하시면 후회하실 겁니다. 지금 결정하세요!"

   매물을 보기 위해 달려갔다. 강남 42개의 원룸형과 미니룸이 섞인 혼합형 고시원이었다. 입지는 굳이 설명할 필요도 없을 정도로 최고였고, 내부도 조금만 손보면 괜찮아 보였다. 남편과 나는 눈빛을 교환했다. 심장이 또 한 번 쿵쾅거리기 시작했다.

"이사님, 저희 20분만 고민 좀 해보고 와도 될까요?"

"네, 근데 너무 고민하지 마세요. 원장님이 안 하면 다른 원장님 대기하고 있으니까 빨리 결정하

세요. 진짜 이거 황금매물이에요. 황·금·매·물!"

뭔가 찜찜했지만, 차에 올라 수익률부터 계산했다. 수익률은 나쁘지 않았다. 수리와 부분 인테리어를 포함해 총 2억 정도가 들 것 같았고, 월 700만 원 수익도 기대할 수 있었다. "좋은 매물은 금세 사라진다"라는 말에 마음이 조급해졌고, 우리는 어느새 사무실에 앉아 계약서에 사인을 하고 있었다.

### 화해조서의 함정

마음 한구석이 찜찜했다. 계약 전부터 가장 두려웠던 부분은 임대인 리스크였다. 중개사에게 몇 차례나 확인했던 것, 바로 화해조서였다. 강남 고시원들은 대부분 임대차 계약 시 화해조서를 필수로 요구한다고 했다.

화해조서

법률 재판상의 화해에서, 당사자 쌍방이 확인하고 합의한 화해의 내용을 기록한 문서.
확정 판결과 똑같은 효력을 가지며, 기판력(旣判力)·집행력을 가진다. 민사소송법 385조.

하지만 화해조서는 임대인의 필요에 따라—도시정비사업, 재개발, 건물 전체 리모델링 등—"나가라"고 하면, 이미 계약 당시 화해에 동의한 탓에 임차인은 별다른 항의도 못 하고 나가야 할 수 있는 불합리한 조항이다. 중개인 말에 따르면, 강남의 일부 임대인들은 월세 체납 시 임차인을 내보낼 명분으로 이 조항을 계약서에 포함시키곤 한다고 한다. 임대차보호법이 있으니 걱정할 것 없다고 했지만, 나는 생각이 달랐다. 이유를 불문하고, 화해조서는 임차인에게 불리한 조항이 분명하다. 결국 계약 단계에서부터 피곤한 일을 감수하겠다는 뜻과 다름없고, 수많은 매물 중 굳이 그런 조건의 고시원을 선택할 이유는 없었다. 그리고 무엇보다 문제였던 건, 중개인의 거짓말이었다.

"이사님, 이 물건, 화해조서는 없는 물건이죠?"

"아, 그럼요. 이 건물주 강남땅에 건물만 몇 채예요. 그런 걱정 안 해도 됩니다."

"저희는 화해조서만 아니면 돼요."

중개사 말을 믿었다. 하지만 소방 점검 중 원장님과의 대화에서 고시원에 화해조서가 있다는 사실을 알게 되었다.

"네? 화해조서가 있다고요?"

"네, 강남에는 다 화해조서 있어요."

"세상에."

순간 머리가 띵했다. 원장님은 솔직하게 말씀해 주셨지만, 중개인은 처음부터 끝까지 거짓말을 한 셈이었다.


## 아찔한 임대인과의 면접

그나마 다행이었던 건, 임대인과 직접 면접할 기회를 얻었다는 점이었다. 강남의 일부 부유층 임대인들은 계약 전 임차인을 직접 만나 월세를 감당할 능력이 있는지 확인하고, 그 후에야 계약 여부를 결정한다고 했다. 나는 속으로 생각했다.

'좋아, 당신이 우리를 면접 본다고? 그럼 우리도 임대인을 면접해 보자!'

대망의 면접 날, 장소는 임대인의 사무실이었다.

"화해조서는 빼주십시오. 아니면 계약하지 않겠습니다."

내 말에 할아버지 임대인은 눈을 흘기며 단호하게 답했다.

"그건 안 돼."

"그럼 저희도 이 계약은 어렵겠습니다."

그제야 임대인은 당황한 기색을 감추지 못하며, 계약을 꼭 해야 한다고 말했다. 하지만 더는 대화가 이어지지 않았다. 결국 그는 헛웃음을 지으며 자리에서 일어섰고, 남편에게 한 마디를 던졌다.

"허허, 자네 장가 잘 갔네. 여자가 아주 똑똑하구먼."

임대인의 거부로 계약은 무산됐다. 하지만 진짜 문제는 그 다음, 중개인이었다. 그는 계약금을 돌려줄 수 없다며 언성을 높였다. 원장님에게는 "저 사람들에게 2천만 원은 절대 돌려주지 마세요"라고 했고, 우리에게는 되레 소송을 걸겠다며 협박했다.

"내가 화해조서 없다고 말한 증거 있어?"

뻔뻔한 중개인의 태도에 분노가 치밀었지만, 우리는 끝까지 차분히 대응했다. 임대차 계약이 성립되지 않으면 양수 계약도 무효라는 사실을 조목조목 설명하자, 그는 결국 말을 잃었다. 며칠 뒤, 전 원장님은 계약금을 전액 돌려주었고, 남편과 나는 깊은 안도의 숨을 내쉬었다.

비록 두 번째 고시원 운영의 꿈은 잠시 멈췄지만, 이번 경험은 우리에게 또 한 번 값진 교훈을 안겨주었다. 사업을 시작한 뒤로, 우리는 돈으로도 살 수 없는 인생 공부를 하고 있다. 중개인의 거짓말, 강남 임대인과의 면접, 그 거칠고 잔혹한 현실은 우리를 더욱 단단하게 만들었다.

고시원 창업을 준비하는 분들께

계약 전에 반드시 이전 임대차 계약서와 특약 사항, 특히 화해조서 유무를 확인하세요. 중개인의 신뢰도 역시 꼼꼼히 검토해야 합니다. 계약서 한 장이 모든 것을 좌우할 수 있습니다. 좋은 매물에 마음을 빼앗겨 섣불리 계약하기보다, 신중하고 철저히 준비하는 것이 무엇보다 중요합니다.

세상은 냉정하지만, 그 속에서도 올바르게, 현명하게 살아갈 수 있는 우리만의 길을 만들어갈 것이다.

**"사업의 길은 험난하지만, 철저한 준비가 가장 강한 무기다."**

그 사실을 마음 깊이 새기며 우리는 다시 다음 기회를 준비했다.

# 107명의 방,
# 107명의 삶

고시원에는 어떤 사람들이 살까?

처음 고시원 원장이 되었을 때, 설레는 마음도 있었지만 한편으로는 걱정도 앞섰다.

"혹시 이상한 사람이 있으면 어쩌지?" 사실 고시원에 대한 거부감이 있는 건 아니었다. 대학 시절 학교 앞 고시원에 살았던 경험 덕분에, 고시원은 그저 잠시 머무르는 작은 공간일 뿐이라고 생각했다. 하지만 드라마나 매스컴에서 비치는 어둡고 무서운 이미지 때문에 고시원 하면 왠지 음침하고 위험하다는 선입견이 있었던 것도 사실이다.

앞에서도 이야기했지만, 처음 입실자들에게 한 명씩 인사를 드릴 때, 괜히 긴장하며 저음의 목소리를 최대한 밝게 꾸미려 노력했다.

"안녕하세요!"

떡과 편지를 돌리며 인사를 건넸지만, 낯선 젊은 원장이 어색했던지 입실자들은 쉽게 마음을 열지 않았다. 어떤 분들은 인테리어 공사로 시끄러워질까 걱정하기도 했다. 하지만 시간이 흐르고 대화를 나누면서, 조금씩 경계를 풀고 따뜻하게 맞아주는 모습을 보며 다시금 느꼈다.

'사람 사는 건 결국 다 똑같구나.'

우리 고시원은 대도시 중심에 있다. 높은 빌딩들 속에 작은 점처럼 자리 잡고 있지만, 그 안은 수많은 사연을 품은 사람들로 가득하다. 고시원에 사는 이유는 크게 두 가지로 나뉜다.

**잠시 머무르는 공간과 삶의 터전이 된 공간.**

고시원을 '수익형 부동산'이라 생각하고 시작했다. 관리만 잘하면 월세는 꼬박꼬박 들어오고, 안정적인 수익을 만들 수 있는 구조. 숫자만 보면 괜찮은 비즈니스였다. 하지만 문을 하나씩 열고, 그 안의 삶을 마주하게 되면서 생각이 바뀌었다.

## 똥이야? 된장이야?

우리 고시원에서 가장 저렴한 방은 보증금 없이 월 28만 원이다. 1평 남짓한 공간에 공용 화장실과 샤워실을 함께 쓰는 구조. 그 방에서 10년째 살아온 309호 할아버지는 기초생활수급자로, 이곳을 집처럼 여기며 살아오셨다.

항상 밝게 인사하며 "원장님, 감사합니다"를 입에 달고 사시는 309호님은 고시원 생활에 익숙한 듯, 편안해 보였다.

유난히 추웠던 겨울, 고시원에 크리스마스 장식을 하며 남편과 복도를 지나가는데, 바닥에 갈색 덩어리가 보였다. 설마, 설마… 아니겠지….

"여보, 저거 뭐야?"

"설마… 똥이야? 된장이야?"

"킁킁… 하, 똥이네."

눈앞이 아찔했다. 다른 사람의 실수를 치운다는 것 자체도 힘들지만, 무엇보다 복도 한가운데 있는 똥은 고시원 원장으로서 처음 겪는 일이었다. 남편은 비위가 약해 몇 번 헛구역질을 하면서도 열심히 닦았다. 창문을 열어도 냄새가 쉽게 빠지지 않아 칼바람을 맞으며 한참을 환기했다.

CCTV를 돌려보니 범인은 309호 할아버지였다. 며칠 전부터 할아버님의 상태가 이상하다고 느꼈다. 세탁기가 돌아가는 도중 멈춰서 다른 사람 빨래를 꺼내고, 세탁기를 제대로 사용하지 못해 전화를 주신 적도 있었다. 그런 일들이 떠오르며 309호님을 옥상으로 불러 대화를 나눴다.

"309호님, 혹시 속이 안 좋으세요? CCTV를 보니 복도에서 대변 실수를 하신 것 같아서요."

309호님은 민망해하며 고개를 푹 숙였다.

"아, 죄송합니다. 제가 콜라 중독이라 매일 세 통씩 마셔요…. 그러다 보니 배가 자주 아파요…. 병원도 다니고 있어요."

"콜라 때문이라니… 병원에서는 뭐라고 하시던가요?"

"배탈이라고 해서 약 먹고 있어요. 앞으로 콜라 줄일게요."

조심스럽게 건강 상태를 여쭤보니 기억력도 자주 깜빡하고, 소화도 잘 안 된다고 하신다. 복지 센터에 연락해 도움을 요청해 보겠다고 했지만 처음엔 강하게 거절하셨다. 다행히 여러 번 설득 끝에 309호님과 복지사를 만나게 되었다. 덕분에 인지기능 검사를 받게 되었고, 다행히 치매는 아니라는 진단을 받았다. 인지기능이 조금 떨어져 있지만 지속적인 상담과 약 복용으로 관리할 수 있다고 했다. 가슴을 쓸어내렸다. 그날 이후에도 309호님은 변함없이 밝게 인사하신다.

"○○님, 약 잘 드셨어요?"

"허허. 네 원장님 먹었습니다."

이제 그 인사가 우리만의 인사말이 되었다. 별 탈 없이 지내시는 모습을 보면 마음이 놓인다. 가끔은 이런 소소한 보람이, 내가 이 일을 계속해나갈 수 있는 이유가 되기도 한다.


고시원에는 저마다 사연을 품은 사람들이 산다. 그들의 삶이 언제나 밝지만은 않다. 어쩌면 고단한 하루 끝, 잠시 기대고 싶은 마지막 공간이 고시원일지도 모른다. 그분들에게 건네는 따뜻한 한마디, 작은 관심이 얼마나 큰 위로가 되는지 날마다 느낀다.

고시원 선배들은 "입실자에게 정 주지 마라"라고 말하지만, 나는 그게 쉽지 않다. 살아보니, 인간적인 대화가 통하지 않는 사람은 거의 없었다. 입실료가 밀려도 조용히 이야기를 나누다 보면, 결국 끝까지 안 내는 사람은 없었다. 어쩌면 그들도 사람이라서, 진심이 닿을 때 비로소 조금씩 달라지는 건 아닐까.

고시원도 결국 사람 사는 곳이다. 작은 실수쯤은 품어주고, 부족한 부분은 함께 메워가며 서로를 응원하는 공간. 309호님의 환한 웃음이 오늘도 복도를 따뜻하게 밝힌다.

이 사람 냄새나는 곳에서, 우리는 사람과 사람 사이의 온기로 하루를 채워간다.

"편견은 내가 다른 사람을 사랑하지 못하게 하고, 오만은 다른 사람이 나를 사랑할 수 없게 만든다."

–『오만과 편견』

## 쓰레기 방을 맞이할 결심

두 번째 고시원을 인수한 지 한 달도 채 되지 않았을 때였다. 고시원 내부는 많이 낡고 낙후되어 있었지만, 인수받기 한 달 전부터 만실이었던 이곳을 우리는 알짜배기라고 여겼다. 이미 만실이었으니, 하루하루 조금씩 손보며 운영하기로 했다.

그러던 어느 날, 302호 입실자가 방을 비우고 나갔다. 오래 사신 분이었는지 방은 충격적일 만큼 더러웠다.

"이보다 더 지저분한 방은 없겠지."

우리는 그렇게 생각하며 방을 깨끗이 수리하고, 홍보를 통해 새로운 입실자를 받았다. 하지만 그건 시작에 불과했다. 이후, 예상치 못한 사건들이 연이어 터졌다. 입실자들조차 고개를 절레절레 저을 정도의 일이었다. 알고 싶지 않았지만 알아야만 했던 진실들이 하나둘 모습을 드러냈다.

어느 날, 한 입실자가 다가와 말했다.

"원장님, 어디서 자꾸 고양이 울음소리가 들려요."

나는 이해할 수 없다는 표정을 지으며 대답했다.

"네? 고시원 안에서는 고양이를 키울 수 없어요. 혹시 옥상에서 들리는 거 아닐까요?"

"아니요, 308호 앞을 지나가면 매일 밤 '야옹, 야옹' 소리가 들려요. 소름 끼쳐요."

등골이 서늘해지고, 식은땀이 흐르기 시작했다. 고양이 울음소리의 정체를 찾기 위해 소리가 나는 곳을 향해 걸어갔다.

"야옹, 야옹."

발걸음이 멈춘 곳은 바로 308호 앞이었다.

"똑똑."

아무 응답이 없다. 잠시 후 문이 열렸고, 입실자는 몸만 빠져나오더니 누가 볼까 무서운지 재빨리 문을 닫았다.

"○○님, 혹시… 고양이 키우세요?"

그의 눈빛이 흔들렸다.

"사실… 네. 3년 전, 길에서 죽어가던 고양이를 데려왔어요."

고양이를 키우는 건 안타까운 사연이었다. 하지만 고시원이라는 공간 특성상, 애완동물은 허용되지 않는다.

"마음은 이해하지만, 다른 분들에게 피해가 갈 수 있어요."

"알고 있어요…. 이제 곧 원룸을 구하려고 했는데, 딱 한 달만 시간 주시면 안 될까요?"

그의 진심이 느껴졌다. 고양이를 키우고 싶어서가 아니라, 정든 고양이를 떠나보낼 수 없어 무작정 데려왔다는 게 느껴졌다.

그렇게 308호 입실자는 짐을 하나씩 정리하기 시작했다. 그러다 문이 살짝 열린 틈 사이로 방 안이 보였고, 그 순간 믿기 힘든 광경이 눈앞에 펼쳐졌다.

그곳은 말 그대로 '지옥'이었다. 벽지는 누렇게 변색되어 있었고, 매트리스는 고양이 오줌과 배설물로 얼룩져 있었다. 책상 위에는 먼지와 담배꽁초가 가득했고, 화장실은 청소 한

번 하지 않은 듯 시커멓게 물들어 있었다.

더 충격적인 건, 고양이가 한 마리가 아니라 세 마리였다는 사실이었다.

"야옹."

이불 속에서 또 한 마리가 고개를 내밀고, 침대 뒤편에서도 한 마리가 조용히 모습을 드러냈다. 남편은 코를 막고 뒷걸음질쳤고, 나는 말문이 막혀 그 자리에 얼어붙었다.

"어쩌자는 거예요, 308호님⋯."

"정말 죄송합니다⋯. 제가 다 치우고 나가겠습니다."

그의 미안한 표정에 화를 낼 수 없었다. 그냥 이 방을 빨리 치우고 새롭게 시작할 생각뿐이었다.

### 지옥의 룸 투어

308호 입실자가 떠난 뒤, 우리는 그 방을 완전히 청소하고 정리해야 했다. 그런데 남편이 뜻밖의 제안을 했다.

"여보, 이 방 그냥 놔두고 청소하기 전에 '지옥의 룸 투어' 한번 해보자."

고시원 창업을 준비하는 사람들에게 현실의 최악을 있는 그대로 보여주자는 생각이었다. 그렇게 시작된 '지옥의 룸 투어'. 블로그에 '지옥의 무료 룸 투어(커피도 무료)'라는 공지를 올리자마자, 선착순 마감이 될 정도로 반응이 뜨거웠다.

방을 둘러본 참가자들은 하나같이 충격을 감추지 못했다.

"이게 고시원 현실이에요? 정말요?"

"여기서 어떻게 살아왔대요?"

룸 투어가 끝난 후에는 카페로 자리를 옮겨, 고시원 창업의 현실을 담은 작은 강의를 열었다.

"유튜브나 블로그에서는 고시원이 돈만 많이 번다고 하지만, 이렇게 관리와 청소, 사람 문제까지 해결해야 한다는 점을 알아야 해요."

지옥의 룸투어는 예상 밖의 호응을 얻었다.

"솔직한 현실을 보여줘서 고맙다", "무료였다는 것이 믿기지 않는다. 감사하다"는 반응이 이어졌다.

고시원을 단지 돈벌이 수단으로만 보는 사람들에게 현실적인 조언을 건넬 수 있었고, 누군가에게 작게나마 도움이 되었다는 사실이 큰 보람으로 다가왔다.

우리는 늘 진심으로 사람들을 대하고 싶었다. 고시원 원장으로서 경험한 다양한 이야기를 솔직하고 담백하게 전할 때, 그 진심이 사람들에게 전달된다는 걸 깨닫는다. 지금도 종종 '고시원 창업 문의'가 들어온다. 우리는 그때마다 조언한다.

"고시원은 단순한 수익 창출 공간이 아닙니다. 사람을 이해하고, 문제를 해결하며, 함께 살아가는 법을 배우는 공간입니다."

작은 한 방울이 큰 울림이 되듯, 우리의 작은 노력이 누군가의 삶에 도움이 되고, 그로 인해 더 나은 길을 찾는 사람이 생긴다면 그걸로 충분하다.

고시원을 운영하다 보면 누구나 한 번쯤은 '쓰레기 방'을 마주하게 된다. 나도 예외는 아니었다.

처음에는 정말 충격이었다. 방 한가득 쌓인 음식물 쓰레기, 사용한 배달 용기들, 버려지지 않은 옷가지들… 그 공간에 누군가가 살고 있었다는 사실이 믿기지 않을 정도였다.

이런 일이 반복되자, 입실할 때 보증금 5만 원을 받기 시작했고, 3호점은 방역 점검을 이유로 한 달에 한 번씩 방문을 열어본다. 그 덕에 쓰레기 방을 마주하는 빈도는 줄었지만, 완전히 사라진 건 아니다. 여전히 분기마다 한두 번은 그런 방을 마주한다.

나는 여전히 쓰레기 방의 주인공들을 완전히 이해할 수는 없다. 솔직히 말하면, 때때로 화가 나기도 하고, 무력감을 느끼기도 한다. 하지만 곧 이런 생각이 든다.

'이 또한 고시원 원장인 나의 숙명이겠지.'

살다 보면 누구나 마음의 쓰레기 하나쯤은 안고 살아간다. 정리하지 못한 감정, 쌓여 있는 외로움, 말하지 못한 사연들…. 어쩌면 방의 상태는 그 사람의 마음 상태와 닮아있을지도 모른다. 그렇다고 모든 걸 이해한다고 말할 수는 없다. 하지만 그들의 삶을 함부로 단정 지을 수도 없다.

그래서인지 여전히 쓰레기 방을 마주할 때면 마음 한구석이 복잡해진다. 낯설고 버겁지만, 그 속에서 사람을 본다. 그리고 오늘도 나는 이 고시원이라는 작은 공간 안에서, 그들의 이야기를 조용히 마주하고 있다.

"우리가 하는 일은 바다에 붓는 한 방울의 물보다 하찮은 것이다. 하지만 그 한 방울이 없다면 바다는 그만큼 줄어들 것이다."

_마더 테레사

## 가족이 있는 무연고자의 죽음

2호 고시원을 인수한 지 한 달도 채 되지 않았을 때였다. 304호 입실자와의 연락이 끊겼다.

입실료 납부일이 훌쩍 지나고, 휴대폰은 며칠째 꺼져 있었다. 처음엔 바쁜 일 때문일 거라 생각했지만, 시간이 지날수록 불안감이 커졌다. 전 원장님은 "단 한 번도 입실료를 밀린 적 없는 분"이라 했기에 조금 더 기다려 보기로 했다.

그러나 며칠이 더 지나도 여전히 연락은 없었다. 걱정스러운 마음에 방문을 열어보았다.

'설마 말로만 듣던 고독사…?'

떨리는 마음으로 문을 열었지만, 방은 다행히 비어 있었다. 그런데 뭔가 이상했다. 급히 떠난 듯 옷가지들이 널브러져 있고, 밥그릇 안에 먹다 만 밥이 누렇고 딱딱하게 굳어 있었다.

CCTV를 돌려보고, 입실자들에게도 소문을 내며 흔적을 찾았다. 그러던 중, 한 입실자가 말했다.

"며칠 전, 304호님이 병원에 간다고 하셨어요. 안색이 좋지 않았어요."

불길한 예감이 들었다. 전 원장님에게 전화를 걸었다.

"원장님, 혹시 304호님 가족이 있으세요?"

"딸이 하나 있다고 들었어요. 하지만 왕래는 거의 없었지."

304호님이 기초생활수급자가 아니었기에 행정복지센터에서도 개인정보 제공이 불가능하다고 했다. 하지만 입실자의 생사라도 확인하고 싶다는 간절한 호소 끝에 며칠 후 연락이 왔다.

"현재 대학 병원에 입원 중입니다. 면회는 불가능합니다."

안도의 한숨을 내쉬며 하루빨리 건강을 회복하시길 기도했다.

그러던 어느 날, 낯선 번호로 전화가 왔다.

"○○고시원 원장님이시죠?"

"네, 맞습니다."

"○○요양병원입니다. 금일 ○○○님께서 사망하셨습니다."

그 순간, 가슴이 철렁 내려앉았다.

얼마 전 304호님은 대학 병원에서 요양병원으로 전원되었고, 심정지 상태로 발견되어서 결국 사망하셨다는 소식이었다. 입실자분의 마지막을 마주하며 감정이 복잡하게 얽혔다. 슬픔과 두려움, 책임감이 뒤섞여 정신이 아득했다. 가족에게 연락하기 위해 딸의 주소로 등기를 보냈지만 반송되어 돌아왔다. 14일이 지나면 무연고자로 처리될 예정이라는 통보가 왔다. 간절히 기다렸지만, 끝내 가족의 연락은 오지 않았다.

304호님은 결국 무연고자가 되었다. 장례는 간단하게 치러졌고, 304호님의 방에는 낡은 옷가지와 소지품 몇 개만 남았다. 그의 마지막 흔적을 정리하며, 묵직한 허무함이 밀려왔다.

물품을 정리하고 고물상에서 받은 8천 원과 주머니 속에 현금을 모두 꺼내 사랑의 열매 모금함에 넣으며 그가 외롭지 않기를 기도했다. 마지막 순간만큼은 따뜻했기를 바랐다.

고시원을 운영하면서 두 번의 장례를 치렀다. 첫 번째는 기초생활수급자였기에 장례 지원을 받을 수 있었지만, 두 번째는 가족이 있는 무연고자라 아무도 책임지려 하지 않았다.

유품을 처리하는 일도, 고인의 마지막을 지키는 일도 전부 우리의 몫이 되어버렸다. 사람들은 고시원을 잠시 머무는 공간으로 생각하지만 때로는 삶의 마지막 터전이 되기도 한다. 고시원 원장이라는 역할이 단순한 사업이 아닌 사람과 사람을 이어주는 작은 다리가 될 때도 있음을 절실히 느꼈다.

304호님의 삶을 정리하며, 그의 이름을 불러주는 것만으로도 조금은 덜 외로웠기를 바랐다.

"삼가 고인의 명복을 빕니다."

## 자식을 고시원에 버린 엄마

### 조현병

며칠 전, 한 중년의 어머니로부터 입실 문의 전화를 받았다. 아들이 머물 방을 찾고 있다고 했다.

가끔 부모님이 자녀를 대신해 고시원에 연락하는 경우가 있어, 처음엔 크게 의심하지 않았다. 다만 마음에 걸렸던 건, 어머니가 줄곧 "가장 싼 방"만을 고집했다는 점이었다. 경제적인 사정 때문일 수 있다고 생각하며, 그 또한 특별히 이상하게 여기지는 않았다.

"네, ○○○ 고시원입니다."

"혹시 가장 싼 방 있나요?"

"네, 가장 저렴한 방은 28만 원이고, 현재 하나 남아 있어 입실 가능합니다."

"아, 제가 살 건 아니고요. 제 아들이 일 때문에 잠깐 살 건데요. 다음 주 금요일쯤이면 될 것 같아요. 그런데 방값 좀 깎아주실 수는 없나요?"

"죄송하지만, 다른 분들도 같은 금액을 내고 계셔서 깎아드리기는 어려울 것 같아요."

"어쩔 수 없네요. 일단 방은 있다는 거죠? 제 아들이 오래 살 건 아니고… 아, 아니에요. 어쨌든 꼭 들어갈 거니까 예약 좀 부탁드려요."

"고시원 특성상 예약은 어렵고, 입실 3일 전에 다시 전화 주시면 됩니다."

"네, 꼭 들어갈 거예요. 제발 부탁드려요."


다음 날, 행정복지센터에서 전화가 왔다.

"안녕하세요, ○○○ 고시원입니다."

"안녕하세요, 원장님. 여기는 행정복지센터입니다."

"아, 선생님, 안녕하세요. 무슨 일일까요?"

"혹시 아들을 고시원에 입실시키려는 어머니에게 전화받으셨나요?"

"네, 어제 전화받았습니다. 무슨 일이죠?"

"그 아드님은 사실 옆 동 고시원에서 조현병으로 심각한 상황을 겪고 병원에 입원하신 분입니다."


그 말을 듣는 순간, 심장이 쿵 하고 내려앉았다. 손과 발이 저려왔다. 행정복지센터 직원은 조심스럽게 당부했다.

"이 사실은 그분께 절대 말씀하지 마세요. 혹시라도 고시원에 피해가 갈 수도 있으니까 참고만 해주세요." 나는 연신 고개를 끄덕이며 대답했다.

"네, 알겠습니다… 정말 감사합니다… 선생님."

전화를 끊고 나서도 한동안 마음이 복잡했다. 어머니에게 다시 전화를 걸어, 방이 이미 나갔다고 조심스레 전했다. 어머니는 태연하게 말했다.

"아, 정말 아쉽네요. 알겠어요."

그리고는 아무렇지 않게 전화를 끊었다.

### 우울증

사실 일 년 전에도 비슷한 일이 있었다. 그때도 한 어머니가 아들을 고시원에 입실시켰는데, 알고 보니 깊은 우울증을 앓고 있는 청년이었다. 그는 낮에는 좀처럼 모습을 보이지 않았고, 밤이 되어서야 나와서 라면을 끓여 먹고 고시원 주변을 서성였다. 마치 세상의 소리를 듣고 싶지 않다는 듯 늘 이어폰을 끼고 있었다.

어느 날 어머니에게 급하게 전화가 왔다.

"우리 애 방 좀 뺄게요."

"네? 아직 한 주 남았는데 무슨 일이신가요?"

"병원에 가야 할 것 같아요. 사실 마음이 아픈 애라…."

"……네, 알겠습니다. 어머님."

"고마웠어요."


행정복지센터 선생님과 통화를 마친 뒤에도 마음은 무거웠다. 조현병을 앓는 자식을 정말 버린 걸까? 설마, 그럴 리는… 아니, 혹시 감당이 어려워 고시원에 맡긴 걸까?

그렇다 해도, 거짓말까지 하며 고시원에 보내는 게 맞는 일일까?

만약 아무것도 모른 채 입실을 허락했다면, 무슨 일이 벌어졌을까.

그렇다면 나는 어떤 입장이었어야 할까?

질문은 꼬리를 물고 이어졌다. 그 어머니의 선택을 쉽게 이해할 수 없었다. 하지만 그렇다고 함부로 비난할 수도 없었다. 어쩌면 그녀도 할 수 있는 최선을 다했을지 모른다.

고시원을 운영하며 나는 점점 깨닫는다. 이곳은 단지 잠을 자는 공간이 아니다.

좁은 이 방 안에서 사람들의 다양한 사연과 마주하며, 그들의 아픔과 기쁨을 함께 나눈다.

때로는 그들의 고통이 내 마음을 울리고, 때로는 그들의 희망이 나에게 힘이 된다.

그 모든 시간 속에서, 나는 하나의 진실을 깨달았다. 우리는 누구나 각자의 방식으로 세상을 견디며 살아간다. 그 누구도 타인의 삶을 쉽게 판단할 수 없다.

고시원에서 마주한 이야기들은 모두 다르며, 그 안에 담긴 무게 또한 저마다 다르다. 누군가의 선택이 쉽게 이해되지 않는다고 해서, 함부로 손가락질할 수는 없다. 나는 그 어머니의 선택을 온전히 이해할 순 없지만, 그 사연을 안고 그저 오늘 하루를 살아갈 뿐이다. 어떤 상황이 찾아와도, 나는 그 안에서 배움을 찾아내려 한다.

하루하루를 묵묵히 살아내다 보면, 내일은 또 다른 이야기가 나를 찾아올 것이다.

"행복도 불행도 삶의 일부이고 다양한 모양이기 때문에, 마음의 고통을 그냥 인정하고 견디는 게 삶의 능력인 것 같다는 생각이 들어요. 고통은 늘 삶의 기본값으로 있는 것 같아요. 그래서 그냥 받아들여야 된다는 생각이 있고요. 우리는 일상을 살아야 되는데 거기에 너무 휘말려서 일상이 깨지면 그게 또 힘들잖아요. 고통 때문에 힘들고, 고통 때문에 일상이 깨져서 힘들고. 그런데 글로 쓴다는 것은 그 고통을 내 삶의 일부로 받아들여서, 그럼에도 불구하고 내가 살아가는 힘을 좀 기르는 일인 것 같아요."

_은유 작가

## 친절한 투덜이 아저씨

고시원을 인수하고 처음으로 입실자 한 분 한 분을 찾아뵙고, 인사를 드리던 날이 지금도 생생하다. 그날 처음 마주한 분이 바로 '투덜이 사장님'이다.

연세 지긋하신 그분은 처음부터 뭔가 불만이 가득해 보였다. 눈은 힐끗 뜨고, 고개는 40도 각도로 비스듬하게 기울이고 퉁명스럽게 말씀하신다.

"아니, 괜히 바닥에 돈을 들이고 그래요. 그냥 살아도 되겠구먼."

"아니, 누가 주방 행주 버렸어요? 아직 쓸 만한데?"

"어이구, 웬일로 고시원에 다 오셨어요? 하도 안 보여서 얼굴 까먹겠네!"

처음엔 당황스러웠다. 시비를 거는 듯한 말투, 늘 불만스러운 표정. 솔직히 말하면 약간은 긴장도 됐었다. '괜히 잘못 건드렸다가 화라도 나시면 어쩌지?' 싶었을 정도였다.

그런데 시간이 지나면서, 그 모든 말투 뒤에 숨어 있던 진심이 보이기 시작했다.

"어이구, 웬일로 고시원에 다 오셨어요? 하도 안 보여서 얼굴 까먹겠네!"

"아이고, 사장님 뵈러 왔지요. 어디 아프신 데는 없으시죠? 건강 잘 챙기셔야 돼요. 건강이 최고예요. 제가 집에서 가져왔는데, 드셔 보세요!"

"아이고, 고맙습니다."

어느 날은 마주치자마자 뿌듯한 표정으로 말씀하신다.

"원장님, 내가 주방 싹 정리해 놨어요."

나는 미안한 표정을 지으며 손을 젓는다.

"와, 안 그러셔도 되는데요, 고마워요 사장님!"

좋은 말도 투덜거리듯 전하는 게, 그분만의 방식이었다.

우리가 괜한 돈 쓸까 봐, 괜히 고생할까 봐 걱정이 돼서 하는 말씀이었고, 보고 싶어서 툭툭 던지듯 건네는 인사였다는 걸 알게 됐다. 부탁하지 않아도 주방을 정리해 주시고, 휴지까지 알아서 정리해 주시는 '우렁각시' 같은 분이셨다.

몇 달 전 어느 날, 투덜이 사장님은 조심스럽게 말을 꺼내셨다.

"내가 이번 달 입실료를 좀 늦게 드릴 것 같아요. 힘들어서… 미안해요."

"괜찮아요, 사장님. 천천히 주셔도 돼요."

나는 웃으며 그렇게 대답했지만, 마음 한편에서는 걱정이 밀려왔다. 생활이 많이 어려우신 걸까, 아니면 건강이 안 좋으신 걸까.

솔직히 말하자면, 모든 입실자에게 이렇게 관대할 수는 없다. 입실료를 내지 않고 조용히 떠나버리는 분들도 있고, 그건 곧 우리의 수입과 직결되기 때문이다. 가끔은 상처받기도 하고, 그 마음을 털어낼 시간조차 없이 다시 다음 일을 준비해야 한다.

하지만 투덜이 사장님은 달랐다. 우리가 고시원을 인수하고부터 1년 반이 넘는 시간 동안 단 한 번도 입실료를 밀린

적이 없었던 분. 오히려 늘 먼저 챙겨 주시고, 작은 변화에도 따뜻한 말 한 마디를 건네주셨던 분이다.

그래서 그날, 가장 먼저 떠올랐던 감정은 '돈을 못 받을지도 모른다'는 걱정이 아니라, '혹시 무슨 일이 있으신 건 아닐까'라는 염려였다. 그분이 보여준 신뢰와 따뜻함이 있었기에, 나 역시 마음을 열 수 있었던 것 같다.

그런데 다음 달, 뜻밖의 일이 벌어졌다. 밀렸던 한 달 치 입실료와 함께, 세 달 치를 나에게 선불로 건넸다.

"사장님, 왜 미리 주세요. 안 그러셔도 되는데요."

"아니야. 내가 미안하고 고마워서 그래요. 돈 있을 때 미리 받아요."

그 말씀을 듣는 순간, 뭉클했다. 그간의 말투와 표정 뒤에 얼마나 따뜻한 진심이 숨어 있었는지 온전히 느껴졌다.

우리는 흔히 말투나 표정으로 사람을 오해하고, 겉모습만으로 성격을 단정 지을 때가 많다.

하지만 사람의 진심은 늘 표면 위에 떠오르지 않는다. 때로는 투덜거리는 말투 속에 걱정과 배려가 묻어 있고, 무뚝뚝한 얼굴 너머로 다정함이 피어나기도 한다. 고시원을 운영하면서 가장 많이 배우는 것은, 사람에 대한 편견을 거두는 일이다.

사람은 겉으로 보이는 것만으로는 결코 다 알 수 없다는 것. 진심은 시간이 지나면 언젠가 꼭 드러나게 되어 있다는 것. 그렇게 투덜이 사장님은, 나에게 따뜻한 사람 공부 한 페이지를 선물해 주셨다. 편견은 진심을 알아보는 눈을 가리는 안개 같은 것이다.

### 고시원에도 아침이 와요

**"고시원에도 메리 크리스마스"**

어느 때보다 힘들고 추운 겨울이지만, 어김없이 고시원에도 크리스마스가 찾아왔다.

크리스마스이브, 남편과 고시원에서 나오는 길에 오랜만에 한 입실자님을 마주쳤다. 반갑게 손을 맞잡고 서로 안부를 주고받으며 잠시 이야기를 나눴다.

"원장님, 고마워요. 원장님 덕분에 따뜻하게 보냅니다."

"아니에요. ○○○님, 저희가 오히려 감사하죠. 아프신 곳은 없으시죠? 건강 잘 챙기세요."

"이제야 사람 사는 집 같아요. 방이 따뜻해서 정말 좋아요."

잠시 말을 잇지 못하고 서로를 바라봤다.

"원장님 오시기 전에는 겨울마다 방이 냉골이었어요. 지금은 너무 따뜻해서 가끔은 더울 때도 있네요. 허허. 이게 진짜 사람 사는 집이죠. 여기 계시는 분들, 많은 걸 바라지 않아요. 그냥 여름엔 시원하고, 겨울엔 따뜻하기만 하면 얼마나 고마운지 몰라요. 원장님 덕분에 사람답게 살고 있습니다. 고맙습니다."

그 말을 듣고 가슴속에서 울컥하는 감정이 밀려왔다. 눈물이 날 뻔했다. 고시원은 누군가의 삶의 터전이다. 입실자들이 바라는 건 그저 평범한 일상, 여름엔 시원하고 겨울엔 따뜻한 것. 우리가 당연히 누리는 것들이 그들에게는 큰 행복이자 소중한 일상이라는 걸 다시 한번 느끼게 된다.

"그렇게 말씀해 주셔서 정말 감사해요. 앞으로도 계속 따뜻하게 해 드릴게요. 걱정 마세요. 혹시 춥거나 불편한 점 있으면 언제든지 말씀해 주세요."

고시원에서의 겨울은 전기세와 가스비 전쟁이다. 천장이

있는 수익 구조이기 때문에, 난방비 부담은 만만치 않다. 고시원을 시작할 때 한 선배는 고정비를 줄이려면 에어컨은 늦게, 보일러는 짧게 틀라고 조언했다. 하지만 그 말이 농담이 아니라 현실이라는 걸 알게 됐다. 겨울에 다른 고시원을 임장하러 가 보면, 발을 내딛자마자 얼음장 같은 바닥과 입김이 나올 정도로 차가운 공기에 놀랄 때가 많았다. 복도를 지나가는 입실자들은 얇은 패딩을 걸치고 있었다.

그게 정말 맞는 걸까?

고시원 선배의 조언도 이해는 가지만, 그렇게까지 하고 싶진 않았다. 고시원도 사람이 사는 집이다. 돈을 받고 공간을 제공하는 원장으로서 최소한의 생리적 안전은 보장해야 하지 않을까?

이곳은 돈 벌기 위한 공간이기 이전에, 함께 살아가는 사람들의 터전이니까.

크리스마스 날, 생일을 맞은 장기 입실자분에게 작은 케이크를 드리고, 시장에서 귤 한 박스를사서 다시 고시원으로 향했다. 오가는 길에 마주치는 입실자들에게 "귤 좀 드세요!" "메리 크리스마스!"를 외치며 서로의 마음이 따뜻해지는 것을 느낄 수 있었다.

**"스터디 카페도 메리 크리스마스"**

크리스마스 새벽, 청소하러 나가는 길. 이브와 크리스마스 당일에도 아침 일찍부터 공부하러 오는 회원님들을 보며, 오늘도 열심히 살아야 하는 이유를 다시 한번 찾았다. 특별한 날에도 아침 일찍 공부하러 오는 회원님과 새벽부터 청소하러 나온 우리, 우리 모두 각자의 성실함으로 묵묵히 하루를 살아간다.

각자의 삶의 모양은 다르지만, 누구나 자신만의 루틴으로 성장하고 있음을 느낀다.

크리스마스여서 더 따뜻한, 사람냄새 나는 하루.

이 따스함이 우리 모두에게 머물기를.

메리 크리스마스.

내향인 엄마는 어떻게 대표가 되었을까

# 나는 악덕 업주입니다

### 스터디 카페 삼수생 K 회원님

새벽 청소도 끝나기 전에 도착해 가장 먼저 자리를 잡는 삼수생 K 회원님. 항상 규칙적인 생활과 성실함으로 가득한 그 모습을 보면 나도 모르게 속으로 응원하게 된다.

'오늘도 열심히 하고 있구나.'

창문을 열며 청소를 시작할 때마다 그는 따뜻한 미소로 인사를 건넨다.

"사장님, 감사합니다."

그 짧은 인사말이 하루의 피로를 말끔히 씻어준다. 내가 건넨 작은 비타민 음료 하나에도 고마워하는 그의 모습을 보면 오히려 내가 더 큰 위로를 받는 듯하다. 그가 얼마나 노력하고 있는지 알기에 합격 소식을 들었으면 좋겠다는 바람이 더 간절하다. 수능 전날, 작은 초콜릿을 건네며 속으로 기도했다.

'이번엔 꼭, 꼭 합격하길.'

수능이 끝난 후, 비어 있는 그의 자리. 그 텅 빈자리가 그리도 외로워 보일 줄은 몰랐다. 시험을 잘 봤을까? 잘 견뎠을까? 그가 돌아오지 않기를 바라면서도 한편으로는 다시 볼 수 없다는 아쉬움이 교차한다.

'제발 다시 돌아오지 않았으면 좋겠다.'

**부디, 시험을 잘 봤기를.**


### 고시원의 아름다운 배달 K 청년

302호 K 청년은 배달 일을 하며 고시원에 머문다. 복도를 가로지르며 건네는 그의 환한 미소는, 세상의 모든 피로를 잠시 잊게 만든다.

"오늘도 힘이 나네요, 원장님 덕분이에요."

그 말 한마디에 내 마음도 따뜻해진다.

그가 처음 고시원에 왔을 때는, 코인 투자로 모든 것을 잃은 뒤였다. 다시 일어서기 위해 이곳을 찾았고, 그때 남편이 건넨 말이 아직도 기억에 남는다.

"○○씨는 아직 젊고, 다시 시작할 수 있어요."

그 한마디가 그의 삶을 다시 일으킨 것 같다. 남편의 말처럼 청년은 어느새 더 밝고, 더 힘차게 살아가고 있다.

어느 날, 그가 무겁게 말했다.

"원장님, 사실 오토바이 사고가 났었어요. 죽을 뻔했어요."

그 순간 가슴이 덜컥 내려앉았다.

"정말 다행이다. 크게 다치지 않아서."

위험 속에서도 나와 남편의 얼굴이 떠올랐다는 그의 고백에 내 마음이 뭉클해졌다.

"○○씨 항상 조심해요. 절대 다치면 안 돼요."

그를 향한 염려와 애정이 더 커진 날이었다.


남편은 청년들에게 항상 같은 말을 한다.

"아직 젊고, 다시 시작할 수 있어요."

그 말은 언제나 용기와 희망이 된다. 그의 말처럼 청년들은 고시원에서 다시 일어설 준비를 하고, 새로운 꿈을 꾸기 시작한다.

**고객이 빨리 나갔으면 좋겠습니다**

스터디 카페와 고시원을 운영하면서 공통으로 바라는 한 가지가 있다.

바로 '**고객이 빨리 나가는 것**'. 공부가 끝나고, 시험에 합격해서 더 나은 곳으로 떠나가는 모습을 보면 기쁘면서도 아쉬운 감정이 든다.

스터디 카페는 꿈을 이루기 위해 잠시 머무는 곳이고, 고시원은 더 나은 삶을 위해 거쳐 가는 공간이다. 그래서 고객들이 이곳을 떠나갈 때, 나는 항상 진심으로 응원한다.

"**빨리 더 나은 곳으로 떠나가세요.**"

그 한마디가 진심이니, 나도 조금은 웃긴 사장인 셈이다.


스터디 카페를 운영한 지 어느덧 3년, 고시원을 운영한 지 2년. 대학교 시절 2평짜리 고시원에서 지내던 소녀는 이제 고시원 원장이 되어 107명의 삶들과 함께 살아가고 있다.

107명의 입실자, 그들의 이야기 속에는 삶과 죽음의 경계에 있는 사람도 있고, 이제 막 시작하려는 사람도 있다. 나는 그들의 삶을 공감하고, 때로는 탄식하며, 행복과 슬픔을 함께 나눈다.

경제적 자유를 꿈꾸며 시작했던 스터디 카페와 고시원은, 이제 단순한 돈벌이 수단이 아니다.

이곳은 사람 사는 이야기가 머무는 공간이 되었다. 매일같이 새로운 사연과 인연들이 스쳐간다.

나는 그 모든 만남을 소중히 간직하고 있다.

이곳을 거쳐 가는 모든 이들이, 잠시라도 따뜻한 기억을 안고 떠나기를 바란다.

행복했으면 좋겠다. 정말, 모두가.

**"부디, 모두 잘 되었으면 좋겠습니다."**

고시원과 스터디 카페를 통해 꿈을 이루고 떠나가는 이들을 응원하며, 나는 오늘도 조용히 창문을 연다. 그들이 떠난 빈자리마다, 따뜻한 바람이 스며들기를. 사람 사는 이야기가 머물렀던 이 공간이, 그들의 시작과 끝에 오래도록 따뜻한 기억으로 남기를 바란다. 고시원과 스터디 카페는 내게 또 다른 인생 공부의 장이었다. 여기서 배운 수많은 이야기들이 나를 더 단단하게 만들었다.

이곳을 거쳐 간 모두의 앞날에, 평안과 행복이 고요히 깃들기를.

임대주택에 당첨되어 퇴실하게 된 입실자분께 드렸던 휴지

## 🖋 고시원 인수 시 체크리스트

### 고시원 선택 기준

고시원을 처음 시작하려던 그때, 저 역시 물었습니다. "어디가 괜찮을까요?" 그 질문에 돌아온 대답은 단순했지만 묵직했습니다. "입지가 전부입니다." 그 말의 진짜 의미를 온몸으로 느끼기까지는 오래 걸리지 않았습니다. 하루에도 몇 번씩 임장을 다니며 건물 앞을 서성이고, 근처 편의점에 앉아 유동 인구의 흐름을 지켜보던 날들이 지금도 생생하게 떠오릅니다. 그 시간을 '낭비'라고 말하는 분들도 있지만, 저는 그 순간에 중요한 사실 하나를 배웠습니다. 고시원은 그저 방을 파는 일이 아니라는 것을요. 잠시 머물다 가는 사람들의 삶을 담는 공간이라는 걸 그제야 깨달았습니다.

그래서 '사람이 머무는 이유'를 살펴보는 일이 중요하다는 걸 알게 되었습니다. 그 단서들은 대부분 주변에 있습니다. 가까운 거리에 대학교가 있다면 수험생이나 자취생들이, 학원가가 자리 잡은 동네라면 재수생이나 공시생들이,

병원이나 회사, 산업단지가 인접한 곳이라면 직장인이나 보호자 분들이 주요 고객이 될 수 있습니다. 수요는 그렇게 조용히, 그러나 분명하게 존재합니다. 그리고 또 하나, 또 하나 간과해서는 안 되는 요소는 바로 교통 인프라입니다. 학생, 직장인 고시원 고객은 오래 정착하기보다 비교적 짧게 머무는 경우가 많기 때문에 역세권 여부나 버스 접근성, 도보 이동 편의성 등이 매우 중요합니다. 주변에 어떤 노선이 있고, 그 길을 따라 어떤 동선이 펼쳐지는지를 파악해 보는 것도 꼭 필요합니다.

물론 수요가 있다면 같은 골목, 심지어 같은 건물에도 두 곳 이상의 고시원이 들어서 있는 경우는 흔합니다. 하지만 경쟁이 있다는 건, 역설적으로 수요가 꾸준하다는 증거이기도 합니다. 사람이 오지 않는 동네에 고시원은 늘어나지 않으니까요.

입지는 고시원 운영의 7할이라고 생각합니다. 물론 그 외에도 인테리어, 마케팅, 사장님의 성실함 같은 요소들이 중요하지만, 사람이 오지 않는 곳에서 아무리 좋은 방을 만들어도 결국은 만실로 채워지지 않습니다. 고시원을 처음 시작하려는 분들이라면 "이 공간에 누가 머물 수 있을까?" 이 질문을 꼭 던져 보셨으면 좋겠습니다. 그 하나의 질문이, 이후 운영의 성패를 가늠하게 해줄 테니까요. 물론 입지가 좋은 곳, 내가 보기에도 좋아 보이는 곳은 남들 눈에도 좋아 보일 수밖에 없습니다. 그만큼 가격도 비쌀 확률이 크죠. 그래서 제안드립니다. 내가 생각하는 예산 안에서 우선순위를 정해 하나씩 체크해 보세요.

1. 입지
2. 교통
3. 내가 중요하게 생각하는 가치

　　예: 비싸지만 관리가 편한 원룸형
　　예: 저렴하지만 수익률 좋은 미니룸형 (손은 많이 감)

모든 조건을 다 만족시킬 수는 없겠지만, 나와 맞는 선택지는 분명히 있습니다. 조금은 느리더라도, 천천히 하나씩 확인해 가세요. 그 과정이 결국, 당신에게 꼭 맞는 고시원을 만나게 해줄 겁니다.

## EXIT 전략: 투자금 회수
### + 권리금 받을 수 있는 곳인가?

고시원 창업을 준비하실 때 많은 분들이 가장 먼저 '지금 이걸 운영하면 수익이 날까요?' 라고 질문하십니다. 물론 수익성은 창업을 결정짓는 중요한 요소입니다. 하지만 그보다 더 중요한 질문이 있습니다. 바로 '언젠가 이 공간을 나는 잘 떠날 수 있을까?' 라는 것입니다. 고시원은 단지 지금만 잘 운영하면 되는 사업이 아니라, 언젠가 그 공간을 다른 누군가에게 잘 넘길 수 있는 구조여야 합니다. 우리가 만든 시스템이 또 다른 누군가에게도 매력적인 기회가 되려면, 수익성과는 별개로 이 고시원이 향후에도 '팔 수 있는 공간'인지 꼭 점검해 보셔야 합니다. 창업의 시작만큼 중요한 것이 바로 그 끝, 즉 '좋은 퇴장'을 설계하는 일이기 때문입니다.

### 권리금 회수 가능성

많은 분들이 간과하시는 부분이 바로 '출구 전략'입니다. 당장 수익이 조금 난다고 안심하시기 전에, 이 공간에 과연 권리금을 주고 들어올 사람이 있을지를 먼저 생각해 보시는 것이 좋습니다.

예를 들어 입지가 좋지 않거나, 준공된 지 50년이 넘어 건물 전체가 노후되어 있다면 외관은 물론 배관이나 내부 구조 등에서 문제가 생기기 쉽고, 시간이 갈수록 매력도는 하락합니다. 혹시 "이 고시원은 나 아니면 못할 것 같아"라는 생각이 드신다면, 오히려 그 점이 리스크가 될 수 있습니다. 결국 나도 오래 버티기 힘든 공간이 될 수 있기 때문입니다. EXIT 전략의 기본은 권리금 방어 가능성과 수익 흐름의 지속성에 대한 현실적인 분석입니다.

## 건물 하자 여부

'좋은 임대차 조건'도 물론 중요하지만, 또 하나 중요한 건 바로 건물 자체의 상태입니다. 건축물 대장을 떼어본다고 해서 모든 정보가 다 나오는 건 아니에요. 실제로 현장에서 직접 확인하셔야 알 수 있는 부분이 훨씬 많습니다. 누수가 있는지, 전기 설비는 안전하게 되어 있는지, 계약 후에 소방 점검도 하겠지만, 혹시 소방법 위반 사항은 없는지 꼼꼼히 살펴보셔야 합니다. 한 번 임장하고 끝내기보다는 평일과 주말을 나눠 여러 차례 방문해 보시면 실제 생활 흐름이나 소음, 건물의 민원 가능성까지 더 정확히 파악하실 수 있습니다. 조금 번거롭더라도 이런 수고는 결국 귀한 시간과 비용을 아껴주는 든든한 보험이 되어줄 거예요.

## 재개발 재건축 건축물대장 확인

고시원 운영에서 임대인의 존재는 단순히 건물을 빌려주는 사람을 넘어, 사실상 사업의 '공동 운영자'라고 해도 과언이 아닙니다. 입지도 좋고 수익이 잘 나는 곳이라 해도 임대인의 태도 하나로 사업이 흔들리는 경우를 많이 보게 됩니다. 계약서를 쓸 때, 임대차 보호법이 있다 해도 불편한 일을 피하려면 특약 한 줄까지도 살펴야 합니다. 재개발 지역은 토지이용계획 확인원에서 확인할 수 있고, 재개발 예정지는 관할 구청에 문의하면 진행 여부를 알 수 있습니다. 하지만 재개발 지역이라도 조합 설립 이전에 들어간 곳이면 내가 들어간 권리금 이상의 보상을 받고 나오는 경우도 있기 때문에 꼭 피해야 하는 것은 아닐 수도 있습니다. 재개발 이슈가 있는 지역이라면, 계약하기 전에 관할 구청에 진행 상황을 파악, 법적 보상 부분도 확인하는 절차가 필요합니다.

더불어 건물 자체에 대한 정보도 중요하겠죠. 건축물대장을 떼어보면 고시원 건물의 불법 건축물이 있는지 확인할 수 있습니다. 여기서 우리가 기억해야 할 것이 위반 건축물이라고 표시되어 있다고 반드시 나쁜 것은 아니라는 것입니다. 운영하는 고시원에 대한 불법이 아니라면 안전시설 등 완비증명서를 발급받는데 전혀 지장이 없고 이행강제금도 임대인이 부담하기 때문입니다. 따라서 위반건축물 표시가 있다면 가장 먼저 건축물대장에서 확인 후 해당 구청에 확인하여 문제를 확인하도록 합니다.

## ✎ 인테리어 최소화 전략: 가성비와 실용성 중심

고시원을 인수한 뒤 가장 고민되는 부분 중 하나가 바로 인테리어일 텐데요. 처음부터 전면 리모델링을 하기보다는, 비용 대비 효과를 극대화할 수 있는 '최소화 전략'을 추천드립니다. 전부를 뜯어고치기보다는, 깔끔하고 불편하지 않은 상태를 만드는 것을 목표로 하시는 게 좋습니다.

특히 입구나 화장실, 샤워실, 공용 주방 등 입실자들이 자주 사용하는 공간은 첫인상에 큰 영향을 주기 때문에 이 부분에 예산을 집중해 주는 것이 효과적입니다. 그렇다고 전체를 리모델링을 할 필요는 없습니다. 주방에서는 싱크대, 화장실은 세면대나 거울만 바꿔도 분위기가 달라집니다.

각 방은 전체 리모델링보다는 데코타일이나 장판 교체, 조명과 침구, 그리고 소품 몇 가지로도 충분히 깔끔하고 트렌디한 분위기를 연출하실 수 있어요.

간판 교체는 조금 신중히 접근하시는 것이 좋습니다. 만약 기존 이름이 해당 지역에서 어느 정도 인지도가 있다면 굳이 바꾸지 않고 유지하는 것도 하나의 전략이 될 수 있습니다. 반면, 나만의 브랜드를 구축하고 싶으시다면 과감하게 교체를 고려해 보셔도 좋겠습니다.

무엇보다 중요한 건, 과하지 않되 실용적으로. 입실자의 눈높이에 맞는 '가성비 인테리어'를 고민하신다면 부담을 줄이면서도 만족도 높은 공간으로 운영하실 수 있습니다.

Q. 직원 없이도 운영할 수 있나요?

네, 가능합니다. 다만 그 전제는 '시스템화'입니다.

직접 상주하지 않더라도 안정적인 운영을 위해서는 몇 가지 기본적인 장치와 운영 시스템을 갖추어야 합니다. 우선, 각 호실에 도어락을 설치해서 무인 출입이 가능하도록 합니다. 입실자분들이 편리하게 출입하실 수 있을 뿐 아니라, 보안 측면에서도 안정감을 드릴 수 있습니다.

또한, 공용 공간에는 CCTV를 설치해 실시간으로 상황을 확인하고, 필요한 경우 원격 응대가 가능하도록 해두는 것이 좋습니다. 고객 문의는 네이버 톡톡이나 카카오 채널을 통해 실시간으로 응대할 수 있도록 연결해 두면, 원장이 외부에 있어도 큰 어려움 없이 소통할 수 있습니다.

입실 안내나 규칙 등은 미리 정리해 둔 내용을 문자로 자동 발송하거나, 계약서 작성 또한 온라인 양식으로 자동화해 두면 훨씬 효율적인 운영이 가능합니다.

이처럼 처음부터 무인 운영 시스템을 잘 설계해 둔다면, 꼭 직원이 없어도 충분히 안정적인 고시원 운영이 가능하답니다. 물론 초기에는 세심한 준비가 필요하지만, 그 과정을 잘 지나면 시간과 에너지를 절약하면서도 만족도 높은 운영이 가능해집니다.

## Q. 만실로 가는 마케팅 방법

고시원 방을 빠르게 채우기 위한 마케팅 전략에서 가장 중요한 첫걸음은 '노출'입니다. 아무리 좋은 공간이라도 누군가의 눈에 띄지 않는다면, 존재하지 않는 것과 다름없습니다. 입소문도 물론 중요하지만, 가장 먼저 해야 할 일은 온라인상에서의 노출을 확보하는 것입니다.

우선, 네이버 플레이스 등록은 필수입니다. '지역명 + 고시원'으로 검색했을 때 우리 고시원이 상단에 노출될 수 있도록 세팅하는 것이 중요합니다. 운영 시간, 주소, 연락처를 정확히 기재하고, 깔끔한 내부 사진과 후기를 함께 등록하면 훨씬 더 큰 신뢰를 줄 수 있습니다.

또 하나 꼭 추천드리고 싶은 것은 블로그 운영입니다. 비용은 들지 않으면서 광고 효과는 극대화할 수 있는 아주 강력한 도구입니다. '고시원 후기', '역 근처 고시원', '가성비 좋은 고시원'처럼 입실 희망자들이 자주 검색하는 키워드를 중심으로, 블로그에 꾸준히 게시글을 작성해 보시기 바랍니다. 지역 상권 내에서 검색 상위에 노출되기만 해도, 전화나 방문 문의로 이어지는 경우가 많습니다.

SNS 활용도 함께 고려해 보세요. 인스타그램은 감성적인 공간 소개와 입실 후기를 공유하기에 좋고, 카카오채널은 입실 희망자와 부담 없이 빠르게 소통할 수 있는 창구로 활용할 수 있습니다.

여기에 더해 '고방' 같은 고시원 전문 플랫폼에 고시원을 등록해 두는 것도 좋은 방법입니다. 이 앱들을 통해 원하는 지역의 고시원을 찾는 분들이 많기 때문에, 노출만 잘되어 있어도 유입률이 훨씬 높아질 수 있습니다.

정리하자면, 1차적으로는 온라인 마케팅으로 눈에 띄는 것이 중요하고, 2차적으로는 입소문과 만족도로 입실률을 유지하는 것이 가장 이상적인 전략입니다. 초반에는 마케팅에 공을 들여야 하지만, 운영이 안정화되면 입실자들의 후기가 자연스럽게 또 다른 고객을 데려다줄 것입니다. 네이버 플레이스와 블로그는 조금 번거로워 보여도, 정말 큰 자산이 됩니다. 꼭 시작해 보시기 바랍니다.

기본은 '명확한 룰 + 빠른 대응'.

고시원을 운영하다 보면 다양한 민원이 생길 수 있습니다. 소음, 흡연, 청결, 외부인 출입 등 작은 불편함도 누군가에게는 큰 스트레스가 될 수 있기 때문에, 운영자 입장에서 가장 중요한 건 '명확한 룰'과 '신속한 대응'입니다.

가장 먼저, 입실 시에는 반드시 계약서와 함께 서면 동의서를 받는 것이 좋습니다. 금연, 소음 제한, 외부인 출입 금지 등 고시원에서 지켜야 할 기본 규칙들을 명확히 안내하고, 서면으로 동의받는 절차만으로도 향후 발생할 수 있는 분쟁을 크게 줄일 수 있습니다. CCTV는 방범과 민원 예방에 중요한 역할을 합니다. 단, 설치 시 사생활이 침해되지 않도록 공용공간 위주로 설치하고, 사전에 고지해 입실자들이 불편함을 느끼지 않도록 배려해 주세요.

민원이 발생했을 때는 무엇보다도 빠르게 대응하는 것이 중요합니다. 조용히 넘어가길 바라며 기다리기보다는, 문제 상황을 바로 파악하고 해당 입실자에게 사실을 정확히 전달하고, 재발 방지를 위한 안내를 하는 것이 좋습니다.

또한 입실자 간의 직접적인 대면은 피하는 것이 안전합니다. 누군가 불편함을 호소했을 때는 운영자를 통해 간접적으로 문제를 전달하고 해결을 유도하는 방식이 가장 효과적입니다. 이런 과정을 통해 불필요한 갈등을 막고, 감정적인 충돌 없이 상황을 조율할 수 있습니다. 무엇보다 중요한 건, 모든 입실자에게 '인간 대 인간'으로 존중하는 태도를 유지하는 것입니다. 대부분의 입실자 분들은 사장님의 진심 어린 말 한마디에 충분히 수긍하시고, 개선하려는 마음을 가집니다. 다만, 실내 흡연처럼 명백히 다른 입실자들에게 피해를 주거나 안전에 문제 되는 행동에는 단호하고 일관된 태도로 대응해 주셔야 합니다. 규칙이 무너지면, 전체 분위기가 흐트러지기 때문입니다.

고시원은 다 함께 생활하는 '작은 공동체'입니다. 기본적인 신뢰와 배려 위에 명확한 규칙과 빠른 대응이 더해질 때, 모두가 편안하게 머무를 수 있는 공간으로 운영될 수 있습니다. 운영자님의 따뜻한 시선과 단단한 원칙이 가장 큰 힘이 됩니다.

# Chapter 3

빛나진 않아도
피어나는 중입니다

# 꿀 같은
# 무인 사업?

"무인 가게 운영하면 편하겠어요."

무인 사업을 한다고 하면, 가장 많이 듣는 말이다. 직장인처럼 정해진 시간에 출퇴근하지 않아도 되고, 시스템이 잘 갖춰져 있으면 하루 종일 매장에 있을 필요도 없다 보니 그렇게 생각하는 것도 이해가 된다.

실제로 무인 사업이 시간적으로 자유로운 편이다. 나 역시 무인 스터디 카페를 운영하면서 평일 새벽에 청소하고, 아침 일찍 직접 관리를 하긴 하지만, 그렇다고 하루 종일 묶여 있는 건 아니다.

운영 루틴이 어느 정도 자리 잡히면 시간을 유연하게 쓸 수 있다는 점은 분명한 장점이다. 가족과 함께하는 시간도 늘어나고, 중간중간 다른 일을 병행할 수 있는 여유도 생긴다. 하지만 그 자유는 그냥 주어지는 게 아니다. 무인 사업이라고 해서 손을 놓고 방치하면 시스템은 금방 흐트러지고, 신뢰도는 빠르게 무너진다. 자유로운 시간을 얻고 싶다면 그 이전에 해야 할 일들이 훨씬 많다. 처음 세팅부터 꼼꼼해야 하고, 문제가 생겼을 때 바로 대응할 수 있는 구조도 갖춰야 한다.

운영자 없는 공간이라 하더라도, 운영자의 손길이 느껴지는 무인 사업은 결국 그 정성이 매장의 '질'을 결정짓는다.

## 무인 사업은 정말 쉬운 걸까?

얼마 전 고시원 임장을 다녀왔다. 현장을 둘러보며 매도자에게 왜 매물로 내놓았는지 물었다. 그 분은 교수였고, 배우자는 약사였다. 처음엔 유튜브에서 "무인으로도 수익이 난다"는 말만 믿고 고시원을 시작했다고 한다. 하지만 현실은 생각보다 훨씬 힘들었다고 털어놓았다. 청소, 시설 관리, 입실자 스트레스까지. 직접 발로 뛰어야 하는 일이 너무 많았고, 결국 몇 달 만에 매물로 내놓게 되었다고 했다.

무인 사업이라고 해서 정말 '무인'일까? 결국 사람이 꾸준히 관리하지 않으면 절대 유지될 수 없는 일이다. 우리 스터디 카페도 마찬가지다. 평일 새벽에 직접 나가 청소하고, 시설 점검도 직접 한다. 전화 문의도 자주 오고, 새벽 민원이 들어온다. 그럴 때마다 최대한 빠르게 대응하려 애쓴다. 관리가 소홀해지면 분위기가 금세 어수선해지고, 손님들은 그 변화를 누구보다 빨리 알아챈다.

몇 년 전, 무인 스터디 카페가 유행처럼 번졌다. '출근하지 않고도 돈을 번다'는 말에 많은 사람들이 뛰어들었다. 하지만 시간이 지나면서 스터디 카페는 우후죽순 생겨났고, 자연스럽게 경쟁도 치열해졌다. 그 결과, 폐업하거나 주인이 자주 바뀌는 곳도 많아졌다. 무인 아이스크림 가게, 무인 세탁소 등 한때 인기를 끌던 무인 사업들도 결국 임대료를 감당하지 못해 문을 닫는 모습을 주변에서 어렵지 않게 볼 수 있었다.

**무인 사업도 결국 '사람의 손길'이 필요한 일이다.** 절대 '편하게 돈 버는 시스템'이 아니다. 우리도 무인으로 운영하지만, 청결과 관리 상태를 최우선으로 신경 쓴다. 주인이 방치하면 금세 망가진다.

그리고 손님들은 관리가 잘 되고 있는지, 그저 방치되고 있는지를 정말 빠르게 알아챈다. **그럼에도 불구하고, 무인**

**사업의 가장 큰 장점은 유연한 시간 활용이다.** 정해진 출퇴근이 없으니 가족과 시간을 보내거나, 다른 일을 병행할 수 있는 여유가 생긴다. 하지만 그 시간을 얻기 위해서는 초기 세팅과 철저한 관리, 그리고 책임감 있는 운영이 반드시 선행되어야 한다. 우리 부부도 무인사업을 통해 경제적 자유와 시간의 여유를 꿈꾸며 시작했다. 하지만 운영을 하며 가장 먼저 깨달은 건, 무인이라고 해서 사람이 빠져도 되는 건 아니라는 사실이었다. 적어도 일주일에 두세 번은 직접 점검하고, 손님들과 소통하지 않으면 공간은 금세 무너질 수 있다.

평일 아침, 청소를 하며 '이게 정말 맞는 걸까' 스스로에게 묻던 순간도 많았다. 하지만 그 고민 덕분에 오히려 가게를 더 세심하게 들여다볼 수 있었다.

### 무인 사업을 준비하는 분들에게

혹시 무인 사업을 준비 중이라면, '편하게 돈을 벌겠다'는 기대보다는 어떻게 꾸준히 관리하고 발전시킬지 먼저 고민해 보길 권하고 싶다. 프랜차이즈의 달콤한 말만 믿고 '쉬운 돈벌이'라 생각한다면, 오히려 더 지치고 힘들어질 수 있다. 무인 사업도 결국 사람 중심의 일이다. 초기에는 손이 많이 간다. 하지만 그 과정을 제대로 겪어내야 비로소 '진짜 자유'에 가까워질 수 있다. 가장 중요한 건 성실함과 꾸준함. 처음부터 '편하게 벌자'는 마음으로 시작하면 금세 지치고 포기하게 될지도 모른다. 하지만 진심을 담아, 정성을 다해 성실하게 운영한다면 시간이 지날수록 수익도, 자유도 조금씩 따라온다. 무인 사업 역시 사람의 손길이 필요한 일이다. '편해서 가능한 일'이 아니라, '꾸준해서 가능한 일'이라는 걸 잊지 않았으면 한다.

# 월 2천만 원을 벌면
# 달라지는 일

### 왜 이렇게 아등바등 살아?

아주 오래전, 한 친구가 내게 물었다. "넌 왜 그렇게 아등바등 사니?" 나는 잠시 머뭇거리다가 이렇게 말했다. "그냥… 열심히 살고 있을 뿐이야." 어린 시절, 우리 집은 그리 넉넉하지 않았다. 부모님은 늘 일하셨지만, 경제적인 여유는 없었다. 겨울이면 보일러를 자주 켜지 못해 새벽에 책을 읽는 손이 시릴 정도였다. 친할머니는 전기세가 아깝다며 온 집안의 불을 꺼두고 다니셨다. 부모님은 동생과 나, 그리고 할머니까지 부양하시며 평생을 일하셨다. 그렇게 치열하게 살아도 형편은 쉽게 나아지지 않았다. 지금도 엄마는 일을 멈추지 않으신다. "제발, 이제 좀 쉬세요." 말할 때마다 마음 한구석이 시큰해진다. 그런 엄마 밑에서 자란 나는 대학 시절부터 아르바이트를 쉬지 않았다. 장학금과 아르바이트로 학비와 생활비를 스스로 감당하며 자연스럽게 절약을 배웠다. 아마, 그때부터였던 것 같다. '열심히 살아야 한다'는 게 내 삶의 기본값이 된 건.

**나와 남편, 비슷하지만 다른 길**

남편은 사업하시는 부모님 밑에서 자랐다. IMF 시절엔 어려움을 겪었지만, 나보다는 조금 더 여유로운 환경이었다. 그렇지만 대학 시절부터는 아르바이트와 장학금으로 자립심을 키웠다고 했다.

어릴 적 아버지는 늘 바쁘셨고, 가족 여행 한번 가지 못했으며, 함께 놀러 간 기억도 희미하다고 말하곤 했다. "나는 아무리 열심히 살아도 아버지처럼은 못 살 거야." 그 말엔 아버지를 존경하면서도, 가족과의 시간을 소중히 여기고 싶었던 그의 마음이 담겨 있었다. 남편은 늘 "부자가 되고 싶다"라고 말하지만, 사실 그보다 더 바라는 건 가족과 함께하는 시간이었다. 그런 남편과 함께 부자가 되기 위해, 그리고 함께 행복해지기 위해 우리는 오늘도 열심히 살아간다.

## 부자가 되는 길은 쉽지 않다

부자가 되는 길은 쉽지 않다. 살면서 점점 더 분명히 알게 됐다. 평생을 일해도, 평범한 사람이 부자가 되기란 쉽지 않다는걸. 특히 근로소득만으로는 분명한 한계가 있다. 평범한 직장인이 월급만으로, 별다른 투자나 경제 공부 없이, 부자가 될 수 있을까? 로또에 당첨되지 않는 이상, 그 길은 거의 불가능에 가깝다. 그래서 조금은 다른 방법을 찾아야 했다. 아이들을 위해, 우리의 노후를 위해, 그렇게 오늘도 우리는 부자가 되기 위한 길을 스스로 만들어가고 있다.

## 월 천만 원, 그게 목표였다

막연하게 생각했다. '월 천만 원만 벌 수 있다면 얼마나 좋을까.' 그 정도만 되면 우리 가족의 삶이 분명 달라질 것 같았다. 아이들이 배우고 싶다는 학원에도 마음껏 보내고, 먹고 싶은 걸 사주고, 가끔은 여행도 다녀오고 싶었다. 하지만 현실은 생각보다 훨씬 단단했다. 남편이 대기업 대리로 일하던 시절, '월 천만 원'은 그야말로 꿈같은 숫자였다. 셋째를 낳았을 때도 차가 없었다. 아이가 많이 아픈 날이면, 아이들을 유모차에 태우고 택시비를 아끼려 걸어서 대학 병원을 오갔다.

남편이 직접 사업체를 운영하게 된 뒤에도 상황은 크게 달라지지 않았다. 밤낮없이 일했고, 직원들을 챙기느라 정작 우리에게 돌아오는 돈은 많지 않았다. 초창기엔 2백에서 3백만 원, 시간이 지나면서 4백에서 5백만 원으로 조금씩 늘어났지만, 세 아이를 키우며 저축까지 하기는 늘 빠듯했다.

경조사나 예상치 못한 지출이 있는 달이면 더 팍팍했다. 그래서 더 열심히 모았다. 해외여행은 양가 부모님 환갑을 기념해 딱 두 번뿐이었다. 나는 늘 같은 옷을 돌려 입었고, 아이들의 겨울옷은 중고로 마련했다. 그렇게 아끼고 또 아끼며, 우리는 미래를 위해 저축과 투자를 최우선에 두었다.

'부자'라는 말은, 그 시절 우리에겐 너무 멀고, 너무 막연한 단어였다.

## 부자가 되는 걸음

집값이 계속 떨어지던 13년 전, 전세는 귀하고 매매가는 하락세를 걷던 그 시절, 우리는 미분양 25평 아파트 청약에 당첨됐다. 그 집은 우리 가족의 첫 내 집이자, 동시에 첫 번째 부동산 투자이기도 했다. 이후 한 번 더 청약에 당첨됐고, 조금씩 더 넓은 집으로 옮겨가며 저축과 투자, 주식 등을 꾸준히 이어갔다. 그렇게 '시드머니'가 조금씩 만들어졌다. 두 번째 걸음은 근로소득이 아닌, 현금 흐름을 만드는 일이었다. 우연히 인수하게 된 무인 스터디 카페와 고시원 운영이 그 시작이었고, 그 일은 어느새 우리 가족의 새로운 기반이 되었다. 재작년에는 월 순수익 천만 원을, 작년부터는 월 2천만 원의 수익을 꾸준히 이어가고 있다. 그 과정이 결코 쉽지는 않았지만, 하나씩 해내며 조금씩 삶의 안정감을 찾아가는 중이다.

### 월 천만 원을 벌면 달라지는 것

월 천만 원을 벌면, 삶이 크게 바뀔 줄 알았다. 하지만 막상 그 안에 들어가 보니, 생각만큼 달라지는 건 많지 않았다. 외식은 여전히 특별한 날에만 하는 편이다. 먹고 싶은 게 있으면, 직접 요리하거나 포장해 와서 집에서 먹는다. 가족이 함께 타던 작은 차는 이제 다섯 식구가 넉넉히 탈 수 있는 큰 차로 바뀌었고, 여행을 가면 숙소를 고를 때 방 하나보다 방 두 개짜리 리조트를 선택할 수 있게 되었다. 그런데 진짜 큰 변화는 따로 있었다. **가족과 함께하는 시간.**

예전엔 늘 바빴던 남편과 함께할 시간이 부족했지만, 소득이 늘면서 시간의 여유도 조금씩 따라왔다. 남편, 아이들과 함께 보내는 시간, 그게 지금, 내 삶의 가장 큰 행복이다.

## 왜 아등바등 사느냐고 묻는다면

주변 사람들은 종종 묻는다. "왜 그렇게까지 열심히 살아야 하냐"라고. 그럴 때마다 우리는 그저 묵묵히 살아가고 있을 뿐이라고 말한다. 성공을 좇기보다, 우리는 성장을 좇는다. 남편이 자주 말한다. "성공보다 성장이 더 중요해." 그 말에, 나는 깊이 공감한다. 물론, 돈이 행복의 전부는 아니다. 하지만 안정된 삶을 위해 꼭 필요한 것도 분명하다. 우리는, 우리가 선택한 이 길 위에서 더 나은 삶을 만들기 위해 조금씩, 꾸준히, 노력하고 있다. 그게 우리가 아등바등 사는 이유다.

행복이란, 내가 선택한 길에서 보람을 느끼고 그 과정을 통해 조금씩 성장해 가는 것. 그래서 오늘도 한 걸음, 또 한 걸음 앞으로 나아간다. 아등바등 사는 게 아니라, 그저 나답게, 묵묵히 열심히 살아가는 것이라고. 그렇게 믿으며, 오늘도 뚜벅뚜벅 걸어간다.

# 시간에 쫓기지 말고,
# 시간 위에서 춤을 춰

**무인 자영업자의 6박 7일 해외여행**

무인 스터디 카페와 고시원 세 곳을 운영하면서 잠시도 쉴
틈 없이 바쁘게 살았다. 아이들과 제대로 된 여행은 꿈도 꿀
수 없었다. 재작년에 큰맘 먹고 2박 3일로 제주도에 다녀왔
지만, 그마저도 걱정과 불안으로 가득 찬 여행이었다. 그런
데 올해 1월 드디어 6박 7일 해외여행을 다녀왔다.

무려 7~8년 만의 해외여행이었다. 그것도 가족과 함께!

여행 중에도 내 손에는 늘 스마트폰이 있었다. CCTV를 통
해 매장 상태를 확인하고, 문제가 생기면 바로 처리할 준비
가 되어 있었다. 그래도 이전과 달리 큰 걱정 없이 여행을 즐
길 수 있었던 건, 그동안 시스템을 탄탄하게 구축해 놓았기

때문이다. 무인 사업을 한다고 무조건 편한 건 아니지만, 초기 세팅과 관리가 잘 돼 있다면 그때부터는 자유로운 시간이 생긴다. 무인 매장의 가장 큰 장점이 바로 그것이다.

이번 여행에서 느낀 건, 시간적 자유가 주는 행복이 생각보다 크다는 것이었다. 그동안 매장 관리에 몰두하느라 가족과 제대로 된 시간을 보내지 못했는데, 이번에는 아이들과 온전히 웃고 떠들며 오랜만에 마음껏 행복을 누릴 수 있었다. 아이들이 "엄마, 여기 진짜 예뻐요! 너무 좋아요."라고 말할 때마다, 나도 모르게 울컥했다. 그 말속에 담긴 진심이, 그간 놓쳐온 시간을 일깨우는 듯했다.

### 무인 사업의 진짜 모습

다시 한번 강조하지만, 무인 사업이 자유롭다는 말에 끌려 시작했다면 큰 오산이다. 무인이라고 해서 신경 안 쓰고 돈이 알아서 들어오는 건 아니다. 초기 세팅을 잘하고, 문제가 생겼을 때 즉시 대응할 수 있는 체계를 갖추는 게 필수다. 나도 처음에는 무인 사업이 편할 줄 알았다. 하지만 현실은 그리 만만하지 않았다. 무인이라는 시스템 안에서도 사람 손길이 필요했다.

예를 들어, 스터디 카페를 처음 운영할 때는 관리가 부족해 중고생들이 놀이터처럼 이용하는 경우도 많았다. 결국 나이 제한을 두고, 수시로 관리하며 규칙을 강화하면서 학습 분위기가 좋아졌다. 지금은 "공부에 진심인 사람들만 오는 스터디 카페"라는 평을 듣고 있다. 무인 사업이라도 본질을 이해하고, 꾸준히 관리하고 초기 시스템화를 잘 만들어놓으면 시간이 지나 관리의 빛이 발휘하게 된다.

## 시간의 자유

무인 사업이 잘 돌아갈 때 가장 큰 장점은 단연 '시간적 자유'다. 내가 직접 매장에 있지 않아도 운영된다는 사실이 주는 안정감은 생각보다 크고 깊은 위로가 된다. 하지만 이 자유를 얻기까지는 수많은 노력이 필요했다. 처음에는 시스템이 불안정했고, 크고 작은 민원이 끊이지 않았다. 그때마다 하나하나 문제를 해결하고, 관리 체계를 잡아가며 조금씩 나아졌다.

그렇게 단단해진 시스템 덕분에 이번 여행이 가능했다. 오랜만에 아이들과 마음껏 웃고, 아무 걱정 없이 하루를 보내며 행복한 순간들을 온전히 느낄 수 있었다. 잠시 일상을 비워도 통장에는 매출이 꾸준히 쌓이고 있었고, 돌아와서도 모든 것이 제자리였다. 그 사실이 어쩐지 참 고맙고도 벅찼다. 이번 여행은 단순한 휴식이 아니었다. 내가 이 길을 잘 걸어가고 있다는 작은 확신, 그리고 다음 도전을 향한 큰 용기를 안겨주었다.

## 내가 나로 피어나는 순간

여행을 다녀오며 느낀 건, 이제는 조금 더 큰 도전도 해볼 수 있겠다는 자신감이었다. 무인 시스템이 안정화된 지금, 마음속에만 품어두었던 일들을 하나씩 꺼내어 실행해 볼 여유가 생겼다.

그동안 바쁘다는 이유로 미뤄왔던 꿈과 관심사들, 이제는 조금씩 나의 시간 속으로 초대할 수 있게 된 것이다. 무인 사업이 내게 준 가장 큰 선물은 '시간'이다. 그 시간을 활용해 또 다른 사업을 준비할 수도 있고, 관심 있던 강의를 듣거나 유튜브 편집, AI와 같은 새로운 기술을 익히며 나 자신을 성장시킬 수도 있다. 강의를 통해 배운 편집 기술로 얼마 전부터 남편과 함께 '맛집 유튜브 채널'을 개설했고, 즐겁게 촬영하고, 편집하며 또 다른 기쁨을 찾아가고 있다. 아직은 서툴지만, 하나하나 배우며 새로운 가능성을 만들어가는 이 시간이 참 소중하게 느껴진다. 무인 사업 덕분에 얻게 된 시간은 단순한 여유가 아니다. 내 인생을 조금 더 나답게 살아갈 수 있도록 만들어주는 가능성의 시간이다. 앞으로도 이 시간을 소중히 활용하며, 더 나은 내일을 위해 한 걸음씩 나아가고 싶다.

그동안은 '바쁘다'는 말로 가족과의 시간을 자주 미뤘지만, 이제는 시간을 더 따뜻하게, 더 정성스럽게 쓰려고 한다. 나와 내가 사랑하는 사람들을 위해 해줄 수 있는 일들이 많아졌다. 그것이 무척 감사하다. 처음에는 수없이 넘어지고 다시 일어나기를 반복했다. 그 오뚝이 같은 시간들이 차곡차곡 쌓여 결국 지금의 나를 만들어주었다. 그 사실이 뿌듯하고, 무엇보다 참 고맙다.

앞으로도 나의 가능성을 조금씩 확장해 나가며, 내가 사랑하는 사람들과 더 많은 시간을 나누고 싶다. 그 행복한 일상을 오래도록 지켜 나가기 위해, 오늘도 나만의 속도로. 천천히, 그러나 단단하게 나아간다.

# '세 아이의 엄마'와
# '대표' 사이의 균형

12년째 주부로만 살다가, 어느 날 대표가 되었다. 결정적으로 무인 사업을 시작하게 된 이유는 상대적으로 적게 일하면서도 돈을 벌 수 있다는 점 때문이었다. 솔직히 말하면, 육아와 가사를 오롯이 책임지며 살아온 나에게 사업을 한다는 건 큰 도전이었다. 하지만 무엇보다도 아이들이 나를 응원해주었다.

"엄마, 최고!" 그 말 한마디가 얼마나 큰 힘이 되었는지 모른다.

가끔 손님들로부터 전화가 올 때면 힘들게 할 때도 있기 마련이다. 짜증 섞인 목소리로 불만을 토로하는 손님들에게 솔직히 기운이 빠질 때도 있다. 그럴 때면 아이들이 달려와 내 어깨를 토닥이며 말한다.

"아, 우리 엄마 힘들게 왜 저래요? 나쁜 손님 아니에요?"

막내의 그 순수한 위로에 나도 모르게 웃음이 난다.

"아니야, ㅇㅇ아. 나쁜 손님 아니야. 우리에게는 참 고마운
손님이야. 우리 가게를 찾아주셨잖아."

아이들은 그 말을 듣고 고개를 끄덕이며 다시 자기 위치로
간다.

그 순수한 눈빛에 나 또한 힘을 얻는다. 그렇다. 나에게 손
님은 고마운 존재다. 비록 그 순간은 힘들었지만, 결국 그들
이 있기에 내 사업이 이어지고, 우리 가족이 안정적으로 살
아갈 수 있다.


아이들은 참 순수하고, 그 순수함이 가끔은 나를 보듬어
준다.

"엄마는 역시 최고야."

그 말 한마디가 내 마음을 다독인다. 아이들은 알까. 그 짧
은 말이 나에게 얼마나 큰 위로가 되는지. 아이들의 따뜻한
마음에 나는 또 한 번 다짐한다. 아이들이 자랑스러워하는
엄마가 되겠다고.

그리고 그 따뜻한 응원을 힘 삼아 오늘도 대표로서 한 걸음을 내딛는다.

아이들은 내 삶에 보물 같은 존재다. 엄마로서, 그리고 대표로서 아이들에게도 좋은 본보기가 되기 위해 오늘도 묵묵히 나아간다. 가끔은 힘들어도, 아이들의 응원 한마디에 내 하루는 다시 빛나기 시작한다. 다시 힘을 내어 아이들의 '자랑스러운 엄마' 그리고 '멋진 대표'가 되기 위해 나의 길을 걸어간다.

# 안될 거 알지만
# 노력합니다

**작가라는 꿈**

정신없이 달려온 결혼 생활과 육아. 엄마로서의 삶은 때로는 무겁고, 때로는 찬란했다. 아이들은 한때 나를 히어로라고 여겼다. 큰 아이의 사춘기가 찾아오기 전까진.

"우리 엄마가 해준 요리가 제일 맛있어요."

"우리 엄마는 천사야."

"엄마는 모르는 게 없어요."

"엄마는 최고예요."

그런 말을 들을 때면, 고맙고 가슴이 벅차도록 행복했다.

정성껏 만든 음식을 맛있게 먹어주던 얼굴, 무릎 위에 올라와 책을 읽어달라던 작은 손. "엄마랑 데이트하고 싶어." 손을 꼭 잡아끌던 그 순간들.

그 따스한 기억들은 이제 조금씩 흐려지고 있다. 틈 사이로 스며든 공허함이 어느새 마음을 채우기 시작했다. 아이들이 자라며 변해가듯, 나 역시 변화의 기로에 섰다. 스물다섯에 결혼하고, 세 번의 임신을 지나 보물 같은 아이 셋을 품에 안았다. TV 하나 없이 책으로 채운 거실 한편. "엄마 최고!"라는 아이들 말에 자부심 하나로 버텼고, 그 말이 나를 움직이게 했다. 그게 내 삶의 원동력이었다. 그러다 문득, 스스로에게 질문이 생겼다.

나는 지금 누구인가.
무엇을 놓치고 있었나.

어느 날 문득, 서랍 속 깊이 묻어뒀던 오래된 꿈 하나를 꺼냈다. '엄마'라는 이름에 가려 잊고 있던 나. 문학소녀였던, 어린 시절의 나.
"엄마는 이제 작가가 될 거야."
그 말을 듣자, 큰아이가 고개를 갸우뚱했다.

"작가요? 아무나 될 수 있는 거예요?"

"아무나 안 되지. 그래도 해보려고~"

"네, 엄마. 열심히 해보세요!"

무심한 듯 던진 아이의 말에 마음이 따끔했지만, 나는 다시 펜을 들었다. 중학교 시절, 백일장에서 장원을 받고 운동장 한가운데 이름이 불리던 순간. 그때처럼 가슴이 뛰었다.

글 전공자도 아니고, 꾸준히 써온 사람도 아니지만 이번엔 망설이지 않기로 했다. 그저, 나의 이야기를 써보자고. 결혼, 육아, 스터디 카페와 고시원 운영까지. 그동안 쌓인 경험과 감정을 나누고 싶어졌다. 이건 나만의 이야기가 아니다. 어쩌면, 아이들과 나의 이야기가 누군가에겐 작은 위로가 될지도 모른다. 그래서 오늘도 모니터 앞에 앉는다.

브런치 작가에 합격한 날, 아이들에게 외쳤다.

"애들아, 엄마 브런치 작가 됐어! 이제 엄마도 엄마의 이야기를 쓸 수 있게 됐어!"

"와! 진짜 작가네요?"

"역시 엄마는 뭐든지 할 수 있는 사람이에요!"

"친구들한테 자랑할래요. 우리 엄마 작가라고!"

무심하던 큰아이도 누구보다 기뻐하며 축하해 주었다. 그 순간, 모든 게 의미 있게 느껴졌다. 나는 웃으며 말했다.

"고마워. 너희 덕분에 엄마도 용기를 낼 수 있었어."

그리고 덧붙였다.

"근데, 아직 정식 작가는 아니야. 끝내 안 될 수도 있어. 그래도 엄마는 최선을 다할 거야."

"난 해 봤자 안 돼.", "노력해도 소용없어."

이 말은 세상에서 가장 무책임하고 바보 같은 말이다.

물론, 노력한다고 모두가 성공하는 건 아니다. 하지만 노력하지 않으면 가능성조차 생기지 않는다.

열심히 했다고 반드시 잘되는 건 아니지만 잘된 사람은 예외 없이, 노력한 사람이었다.

그래서 두려워하지 않기로 했다. 안 될 걸 알아도, 노력할 거다.

과정에서 배우고, 성장할 수 있다면 그것만으로도 충분히 의미 있다.

아이들은 자라며, 이제 부모의 품을 떠날 준비를 하고 있다. 그 과정 속에서 나도 다시 '나'를 찾아가고 있다. '엄마'라는 이름 뒤에 묻혀 있던, '나'라는 사람을.

조용히, 그러나 멈추지 않고 작가라는 꿈을 향해 나아간다. 결과가 어떻든, 오늘도 모니터 앞에 앉아 마음을 담아 글을 쓴다. 그리고 결국, 이렇게 원고를 쓰고 있다. 나는, 끝까지 노력하는 사람으로 살고 싶다. 아이들과 함께, 나도 성장하는 사람.

오늘도, 안 될 걸 알면서도, 그럼에도 불구하고, 투박하지만 다정하게 나의 이야기를 써 내려간다.

"나 자신이 된다는 것은 내가 누구인지 발견하는 것이 아니라, 내가 누구일 수 있는지를 발견하는 것이다."
_오프라 윈프리

# 매일 읽고,
# 쓰고, 사유하다

바쁜 일상 속에서도 나는 틈틈이 읽고, 쓰려 한다. 무인 사업 덕분에 생긴 이 소중한 시간을 그저 흘려보내고 싶지 않기 때문이다. 조금이라도 여유가 생기면 책을 펼친다. 마음에 남는 문장을 메모하고, 그 문장을 따라 생각을 정리해 본다.

여유로워진 시간 덕분에 2년 전부터는 국가에서 제공하는 무료 강의나 문화센터에서 저렴하게 운영하는 수업을 찾아 듣기 시작했다. 부동산 강의는 꾸준히 듣고 있다. (개인적으로 송희구 작가님의 강의를 추천한다.) 그 외에도 유튜브 편집, AI 기술, 브랜딩 등 우리만의 콘텐츠를 만들어갈 수 있는 수업들에 자연스럽게 마음이 끌렸다.

어쩌면 이 모든 것이 또 한 번의 인생 전환점이 될지도 모른다. 그래서 더더욱, 놓치고 싶지 않다. 고시원 창업을 준비하던 시절, 방산시장을 이곳저곳 돌아다니며 품질 좋은 자재들을 발품 팔아 찾아냈던 그 시간들이 떠오른다. 그때처럼 지금도 나의 시간을 들여 무엇이든 하나씩 배우고 익혀 가며, 천천히, 그러나 분명히 앞으로 나아가고 있다.

청소를 하면서도 머릿속에선 읽은 문장이 맴돌고, 글로 풀어낼 아이디어가 조용히 떠오른다.

하루하루는 여전히 바쁘지만 그 안에서 나만의 시간을 찾아낸다.

무인 사업이 내게 준 가장 큰 선물은 책을 읽고, 글을 쓰고, 앞으로의 삶을 스스로 그려볼 수 있는 사유의 시간이었다. 읽고, 쓰고, 사유하면서 나는 조금씩 성장한다. 사업에만 매달리지 않고, 나를 채우는 시간을 소중히 여긴다. 글을 쓰다 보면 내가 지금 어떤 생각을 하고 있는지 스스로도 놀랄 때가 있다. 어떤 문장은 새로운 아이디어로 이어지고, 어떤 문장은 잊고 있던 감정을 데려온다.

그렇게 나는, 매일, 조금씩 나아가고 있다.

읽고, 쓰고, 사유하면서.

육아와 일 사이에서 천 번을 흔들리지만, 책을 가운데 두고 균형을 잡는다. 그리고 오늘도, 펜을 든다. 무언가를 이루기 위해 부지런히 살아가는 이 순간, 나는 믿는다. 어제보다 오늘의 내가 조금은 나아졌다고.

# 여전히 두렵지만,
# 계속 나아갑니다

처음 망한 스터디 카페를 인수했던 순간부터 지금까지, 제 여정은 도전의 연속이었습니다. 무모하게 시작한 스터디 카페 운영은 생각보다 훨씬 어려웠고, 수많은 시행착오를 겪었습니다. 때로는 무너지고, 다시 일어서기를 반복하면서 결국 저만의 안정적인 시스템을 만들어냈습니다. 그 경험은 이후 고시원을 운영하는 데 큰 자산이 되었습니다. 어느덧 107명의 고시원 원장이 된 지금, 저는 그때의 무모함 덕분에 오늘의 제가 있다고 믿습니다.

두려움은 여전히 존재합니다. 하지만 이제는 두려움을 안고서도 앞으로 나아가는 법을 배웠습니다. 매일 새로운 문제와 마주하면서도, 그 안에서 조금씩 성장하는 제 자신을 바라보며 조용한 용기를 얻습니다. 그렇게 하나하나 쌓여온 자신감은 이제 또 다른 도전을 앞두고도 멈추지 않게 합니다. 여전히 두렵지만, 저는 계속 나아가고 있습니다.

## 고객이 나갔으면 좋겠습니다

이 말을 처음 꺼냈을 때, 사람들은 어리둥절해했습니다. 사업을 하는 사람이 고객이 나가길 바라다니, 무슨 말인가 싶었겠죠. 하지만 이 말속에는 남편과 저, 둘의 진심이 담겨 있습니다. 스터디 카페를 운영하면서도, 고시원을 운영하면서도 제 마음 한편에는 늘 같은 바람이 있었습니다. 이곳에 잠시 머무는 분들이 더 나은 삶을 찾아 떠나길 바랐습니다. 시험을 준비하는 학생들이 합격해서 더 넓은 세상으로 나가고, 고시원에 계신 분들도 자신만의 터전을 마련해 당당히 떠나길 바라는 마음이었습니다.

성공해서 떠나는 분들, 목표를 이루고 다른 길을 선택하시는 분들을 볼 때마다 저는 묘한 기쁨과 아쉬움을 동시에 느낍니다. 함께했던 시간들이 떠올라 마음 한편이 허전하지만, 그 빈자리는 결국 '잘 되셨으면 좋겠다'는 바람에서 비롯된 것입니다. 그분들이 떠날 이유가 생겼다는 건, 제가 바라던 대로 잘 되었다는 증거이기도 하니까요.

저 역시 언젠가는 이곳을 떠날 준비를 하고 있습니다. 무인 사업이라는 길을 걸으며 수많은 시행착오를 겪었지만, 하나하나 해결해 가며 여기까지 왔습니다. 이제는 또 다른 분야에 도전하고 싶은 마음이 점점 더 커지고 있습니다. 무언가를 시작할 때마다 여전히 두렵고 막막하지만, 그럼에도 불구하고 다시 시작할 수 있는 용기는 그동안 쌓아온 경험에서 비롯됩니다.

**앞으로도 저는 계속 도전할 것입니다.** 도전 앞에 설 때마다 두려움이 밀려오겠지만, 그럼에도 불구하고 저는 나아가려 합니다. 혹시 지금 무언가를 시작하고 싶지만 용기가 부족해 망설이고 계신 분들, 열정은 있으나 저처럼 내성적인 성격 탓에 쉽게 나서지 못하는 분들, 혹은 육아와 일사이에서 스스로를 잃어버린 것 같다고 느끼시는 분들이 계시다면, 괜찮습니다. 저도 그랬으니까요.

천천히, 나만의 속도로 한 발짝 내디며 보세요. 제가 걸어온 길이 정답은 아니지만, 그동안 남긴 작은 발자국들이 오늘의 저를 만들었습니다.

## 우리 모두 각자의 속도로 조금씩 성장해도 괜찮습니다

고객이 떠나시길 바랐던 저의 마음처럼, 여러분도 더 나은 삶을 향해 조심스레 한 걸음을 내디뎌 보시길 바랍니다. 여전히 두렵지만, 저는 계속 나아가고 있습니다. 그리고, 여전히 부자를 꿈꿉니다. 앞으로도 천천히, 그러나 꾸준히 걸어가겠습니다.

제 이야기를 읽어 주신 모든 분들께 진심으로 감사드립니다. 언젠가 여러분의 이야기도 제 마음에 깊은 울림으로 돌아올 거라 믿습니다. 여러분 가슴속에 반짝이는 그 별을, 저는 진심으로 응원합니다. 오늘 하루, 책 한 줄과 마음 한 줄로 균형을 잡는 시간이 되시길 바랍니다.

**"별은 바라보는 자에게 빛을 비춘다"**

당신의 가슴속에 빛나는 별을 응원하며,

빛날애 드림

누군가는 하루를 버티기 위해,

또 누군가는 새로운 출발을 준비하기 위해

이 공간을 찾아옵니다.

그들의 이야기를 곁에서 지켜보며,

매일 인생을 배웁니다.

그리고 조금씩 더 나은 사람이 되어갑니다.

사람과 삶이 오가는 이곳은 단순한 사업장이 아닌,

온기가 머무는 작은 세계입니다.

이 책이 그 길을 함께 걸어주는

따뜻한 동반자가 되어 주기를.